魯迅一百句

郜元寶 解讀

一鍋既保有原汁原味又獨具新意的精神鼎鼐

……

經典無疑很莊重很偉大，不過，在一般生活世界中影響庶民至深的，常常不見得是學者皓首不能窮的原典，而是刪繁就簡且加了解說的「選本」，就像《唐詩三百首》和《古文觀止》。通俗選本一方面替人省下了時間，讓讀者在車上枕上、茶餘飯後，很快就能親近那些高深的典冊；一方面把經典再經典，經過選家披沙揀金，經典被再度提煉濃縮。

在現代生活中，要從俗務裡逃脫的機會不多，這時，精選的「一百句」或「三百句」這樣的隨身冊子，就成了人們的精神速食。也許很多人瞧不上「速食」，可是，沒有時間從容細細品味滿漢全席的時候，速食不妨也是一種補充體力和精神的選擇。記得當年國門初開，《英語九百句》曾因簡便實用，成為熱門讀物，當了很多人看世界的拐杖和眼鏡。

這些年來，引「經」論「典」成了社會一大風氣，搭「傳統」便車，也成就了很多風雲人物，不過，我始終有些看法，在這裡不妨說一說。

一個看法是，千萬別把「經典」這兩個字理解得太褊狹，有人一提起經典，就想到儒家「五經」加上「四書」，這就把傳統等同了儒家，把經典當成了儒經。還有人覺得，可以把「老」、「莊」也算上，可是，這個似乎網開一面的做法還是嫌窄，因為換了個花樣，等同只承認了「道家」的准入資格，最多滿足了思想史家對古代思想世界所謂「儒道互補」的簡單判斷。我倒覺得，佛教、道教以及詩、詞、歌賦、戲曲裡面，那些經歷了千錘百鍊的東西，若是真的好，也該讓它們得到「經典」的名號。其實說到底，《詩經》裡兩千年來被恭恭敬敬當經典捧讀的這「風」那「風」，當年也不過就是民間小曲，甚至是流行歌曲，唐詩、宋詞、元曲經歷了千年吟誦，有什麼當不得「經典」二字的？

還有一個看法是，學經典當然是為了溫習文化記憶，接續歷史傳統，不過，傳統的關鍵是在「傳」而不在「統」，所謂「傳」是發掘自己的資源，加以重新詮釋，重建當下的文明。美國已故史華茲教授（Benjamin I. Schwartz）曾感到詫異，世界上很多現存的古文明生了棄舊更新的衝動。就像人和影子賽跑，一路狂奔，總想著甩脫隨形之影一樣。這時，人總處在緊張和焦慮中，緊張讓人少了從容和灑脫，焦慮使人顧不得教養和秩序。為了棄舊更新，各種文化、歷史和經典都變得像時裝，沒有自信的人總是一件一件穿上，又急忙一件一件脫下，彷彿哪一件都不稱身，所以，沒有安靜下來反思的時間。

按照一種說法，文明就是在群體社會中，人人按照秩序行事，就連「自由」，也得有己也有群，有權也有界，秩序便是邊界，就像按節奏跳舞一樣，任何抄截越次、鼠目寸光的行為都不是文明，也叫做沒有風度。什麼是有風度？如何才能有風度？途徑之一就是多讀經典、多看傳統，心中有幾千年的底氣，肚裡有若干冊的書本，或者就能夠讓人變得自信一些，而自信則能使人從容一些。

「傳統」是活的而不是死的，美國歷史神學家雅羅斯拉夫帕利坎（Jaroslav Jan Pelikan）所著《傳統的解惑》（*The Vindication of Tradition*）書裡說：「傳統是死人的活信念，傳統主義是活人的死信念。」這話說得很對。一方面我們絕不是要離開傳統開闢新路，這種「把歷史歸零的幻想」並不切實際；另一方面我們面對過去，也絕不想寸步不移地死守這個「信念」。我想，在當下語境中重新閱讀經典，也許正是「創造性詮釋傳統」

的途徑。

不過，「詮釋」兩個字相當沉重，它意味著既不能遠離文本的舊含義，卻又要解釋出經典的新價值，要在這種「既舊且新」的目標下，傳遞經典、延續傳統殊為不易。因此，如何重新解釋經典，讓它與現實生活產生共振效應，是今人須要戮力以赴的。這套書裡的作者，是真正的專家，雖然他們不能像時下一些詮釋者那樣，不需太多知識依傍就去裁出一件名叫「經典」的全新時裝，相信這套叢書的作者會藉助經典的原料，煨出一鍋既保有原汁原味又獨具新意的精神鼎鼐。

有人說，一個時代需要有一大批具備高深知識、篤信自家傳統又坦然面對世界的人，由他們來詮釋經典和傳統，並賦予這個時代的知識風尚和思想趣味；只有這樣，他們所深愛的傳統、他們所尊重的經典、他們解釋世界的語言和辭彙、他們的秩序感和教養，甚至他們的衣著、語調、樂趣與愛好，才能夠形塑這個時代的既深厚又普遍的文明。

這話我相信。

葛兆光　復旦大學文史研究院院長

解讀者感言

研討魯迅，高頭講章尚矣，但文辭之美，尤堪玩味；棄如微末，至可惜也。此「一百句」萃取疏解，偏重文辭，不敢謂盡得原著之精神；照隅識小，或可當愚者之一得。

譬如〈「來了」〉一篇，批評中國無真實之主義，唯報導主義「來了」之叫嚷。叫嚷不斷，「來了」亦不斷，故最終來了的，唯有「來了」。此等立論，痛快何似，豈「老吏斷獄」可比；然究其神髓，仰賴「文字遊戲」多矣；而文辭之美，兼收於思想啟迪之外。

海德格爾（Martin Heidegger）云：「語言總在說出它自己。」日常言談隱含無量啟示，深察細味，善用此天然富藏，使奧妙之事暢快表出，文章家之能事，莫過於此。

蔡元培序《魯迅全集》，特以「用字之正確」概括其天才，每為論者所不解。其實「用字之正確」豈屬末技。魯迅論詩，主張「實利離盡，究理弗存」，自謂其文只是「悲喜時的哭歌」，「敢說、敢笑、敢哭、敢怒、敢罵、敢打」的真精神直追〈毛詩大序〉和陸機〈文賦〉標舉的中國文學的抒情傳統。然「嗟歎」、「詠歌」、「舞之」、「蹈之」、「緣情而綺靡」者賴何？文辭而已。

胡適〈文學改良芻議〉謂文學「須言之有物」，「物」者，「思想感情」也。但光有「思想感情」可乎？章太炎批評宋以後作家「不懂小學」，「文辭也不能動人」，也許把「小學」抬得太高，但以「動人」與否在乎「文辭」，見識卓絕。作家文辭荒蕪而想以別種手段感動讀者，謬矣。文辭動人，哪怕墮落為幫忙幫閒，仍然可取——此點魯迅雜文〈從幫忙到扯淡〉論之頗詳。

但魯迅認為漢語本身不精密，須大量引進西方邏輯語法。〈看了魏建功君的〈不敢盲從〉以後的幾句聲明〉結語：「我敢將唾沫吐在生長在舊的道德和新的不道德裡，借了新藝術的名而發揮其本來的舊的不道德的少年的臉上」，就是一個實踐。三十五個漢字的「定語」包含多重轉折，並非同義重疊，這等造句法，「五四」至今，絕無僅有。若論「歐化」，誠然「極端」，卻非「惡劣」。吾人讀之，不但不拗口，反覺錯落有致，聲調鏗鏘。漢語學習域外語言之空間與彈性很大，然亦唯善學者，方能出奇制勝。

「真的猛士，敢於直面慘澹的人生，敢於正視淋漓的鮮血」，這是〈紀念劉和珍君〉所謂「出離憤怒」之後的曠古奇文，而因「神聖的憤火」（胡風語）的淬煉，愈見燦爛。論其妙絕，已非單純「煉字」，亦不僅依託西文邏輯語法，而植根於中國文章特有的排比、對偶、雙聲疊韻的悠久傳統，亦即周作人所謂「因了漢字而生的修辭手段」。

民初，太炎弟子進入北京學界，中國文風，從此丕變。他們崇尚六朝文章，作白話文也特別講究藻采氣勢，與喜好唐宋古文的「桐城派」成對壘之勢。錢玄同痛罵「桐城謬種，選學妖孽」，掊擊「桐城」是真，捐棄「選學」是假。周作人上世紀四〇年代初作〈漢文學的傳統〉，繼續聲討「謬種」，對「妖孽」卻網開一面：「至於駢偶倒不妨設法利用，因為白話文的語彙少欠豐富，句法也易陷於單調，從漢字的特質上去找出一點裝飾性來，如能用得適合，或者能使營養不良的文章增點血色。」郭紹虞深得周氏用心，二〇年代，探索「中國文學與漢字之關係」，於雙聲疊韻，特多發明，五〇年代初並提出「白話賦」的構想，念念不忘從漢文學傳統尋找新文學可資利用的資源。有此識見者，代不乏人。白話文通過這一系的努力，向古文繼承遺產不少。

現代作家，善用排比對偶與雙聲疊韻者，無人能及魯迅。「敢於直面慘澹的人生，敢於正視淋漓的鮮血」只是一個著例，全集中他自己所謂出於積習的「對子」，不勝枚舉。《野草》諸文，幾乎全用嚴格對稱。但魯迅文辭，並不倚賴某一方面，雙聲、疊韻、排比、駢偶之外，還有根基於《楚辭》、漢賦與「小學」的「煉字」，變化西語繁複語法（李長之所謂善用「關聯詞」而使多重複句聯絡一氣），「向活人脣吻學習」的新鮮潑辣的口語——中西古今，熔鑄配合，韻散雅俗，存乎一心，隨物賦形，盈科以進，收放張弛之間，常予人新鮮刺激，可以針勞，可以藥倦，作者讀者之心遂綸結一體，不覺其隔。文辭至此，曲盡其妙矣。

魯迅，我嘗終日與人而論之，不如須臾讀其文章也。魯迅文章，我嘗終日而讀之，不如把握其思想感情也。魯迅之思想感情，我嘗終日而玩索體貼之，不如涵泳記誦其格外鏗鏘精悍之警策句段也。研讀魯迅，章句之儒不可哂。何哉？蓋魯迅文學之精髓，泰半在其煉字之用心，造句之奇崛，音節色澤變化之自然而豐饒，以至寫情狀物之絕少滯礙也。

郜元寶

魯迅一百句目錄

・・・・

人立而後凡事舉

是故將生存兩間，角逐列國是務，其首在立人，人立而後凡事舉；若其道術，乃必尊個性而張精神。

——《墳・文化偏至論》，一九〇七

……

一九〇六年三月，二十五歲的「清國留學生」周樹人在日本仙台醫學專科學校讀了兩年，就決定退學，告別一直照顧他的「藤野先生」，回到初抵扶桑時學日語的東京。此後直到一九〇九年回國，雖然繼續拿著清政府官費，卻再沒進任何學校（他後來自稱「退學生」），基本以自學方式研究文藝，偶爾參與反清的政治運動。

清政府一邊痛哭流涕賠人家銀子，一邊拿銀子送青年人出洋，為自己培養了一大批掘墓人，這是滿朝文武都沒想到的。今天公費留學生大概不能隨便換專業，也不會長達八年，這種自由卻給了「清國留學生」，儘管政府也派員監督，究竟權威有限，甚至還得「享受」一些過激學生的拳腳。周樹人後來回憶留日生活，覺得比在中華民國還要舒服呢。

「抗戰」八年，周樹人留學日本也八年，冥冥中似有某種巧合。他活了五十五歲，七分之一在日本度過，且正值青春期，卻很少寫文章談日本。他固然把日本當視窗看世界的風景，但看風景的人不能偶爾研究一下窗子嗎？他弟弟周作人不就動輒談日本嗎？文學家周樹人只塑造了「藤野先生」一個日本人，總有點蹊蹺。中國當代文學一百年也只有「藤野先生」撐著，算是切實捕捉到一個日本人形象，很奇怪不是？

「棄醫從文」更奇怪。今天如果哪位留學生這麼幹，腦子肯定進水，那時卻平常。胡適先學農，後改學文哲；徐志摩本來學金融，卻成了詩人；洪深學燒瓷工程，卻改為戲劇；郭沫若、郁達夫、張資平、成仿吾都在日本改行從文——對了，二〇年代末在巴黎入共黨，回國後出任共黨的高級幹部、參加過長征、一九五八年做了山東大學校長的成仿吾，留學日本時專業是「造兵科」，製造槍炮子彈的，在一九二八年「革命文學論爭」中，他做為創造社頭號批評家，揚言要用「十萬兩無煙火藥」將魯迅等「有閒」階級作家從「北京的烏煙瘴氣」中給炸出來，可見跛者不忘其履。這些人改做文學，細說起來都各有理由。周樹人的理由是什麼呢？

從一九一八年發表〈狂人日記〉到一九二二年，周樹人以「魯迅」為筆名一共發表了十五篇短篇小說，把它們結集為《吶喊》出版時，他寫序回憶當初在仙台看過一部幻燈片，講日本兵殺中國人而別的中國人麻木旁觀，他大受刺激，覺得改變國民的精神比醫治他們的肉體更重要，於是棄醫從文。

這確實是很好的理由，但留學生活後期（一九〇七—一九〇八）撰寫的〈科學史教篇〉、〈文化偏至論〉、〈摩羅詩力說〉、〈破惡聲論〉等長篇文言論文表明，「棄醫」也許是「幻燈事件」（還包括〈藤野先生〉中「漏題事件」）所逼，「從文」卻是經過精密研究後做出的審慎抉擇。

〈文化偏至論〉一句話概括了這時期魯迅思想轉變的軌跡：

> 「是故將生存兩間，角逐列國是務，其首在立人，人立而後凡事舉；若其道術，乃必尊個性而張精神。」

所謂「立人」，和晚清維新人士嚴復、梁啟超等啟民智、鼓民氣、增民力、新民德的主張基本相同，但魯迅對「人」的理解，對如何「立人」的「道術」的設計，更具現代性。他認為「人」不是國家富強的工具，而是目的。任何時候人的因素都是第一位，追求國家富強應充分尊重人的本質。但人之為人的本質不在多數，而在個體，不在肉體物質的營求（包括醫治身體疾病），而在精神靈明的涵養。「生存兩間，角逐列國」，必須從尊重個性和精神這兩方面來「立人」。

請注意他的兩個基本觀點：其一，中國問題關鍵在人，「人立而後凡事舉」；人立起來，其他一切都好辦。其二，要「立人」，須弄文學，沒有什麼比文學更尊重精神與個性了。所以早年魯迅的思想，是從尊重個性與精神的人道主義走向唯文學是尚的文學主義。

魯迅本名「樟壽」，一八九八年考入在南京的江南水師學堂，更名「樹人」。「樹人」、「立人」，似有某種巧合。

要警惕西方的「文化偏至」

誠若為今立計，所當稽求既往，相度方來，掊物質而張靈明，任個人而排眾數。人既發揚踔厲矣，則邦國亦以興起。

——《墳·文化偏至論》，一九〇七

‧‧‧‧

這句話包含「物質」／「靈明」、「眾數」／「個人」兩對具有特殊含義的概念，是理解魯迅早期「立人」思想的鑰匙。

青年魯迅認為，現代西方從義大利文藝復興開始擺脫中世紀神學禁錮，承認人的物質需要，又經法國革命推倒皇權，發現了社會民主之可貴。以科學技術為標誌的對客觀物質世界的征服，以多數意見為主導的社會民主體制，是現代西方文明的兩大支柱，被普遍視為現代社會兩大進步現象。

但物極必反，過分追求物質會壓抑精神，「諸凡事物，無不質化，靈明日以虧蝕，旨趣流於平庸，人惟客觀之物質世界是趨，而主觀之內面精神，乃捨置不之一省」，人成了物質的奴隸，精神的靈光暗淡熄滅。而過分倚賴「眾數」，迷信民主政治，「於個人特殊之性，視之蔑如，既不加之別分，且欲致之滅絕」，壓抑個人不說，整個社會也「夷隆實陷」，文化最終跌落到「前此進步水準以下」。

物質壓抑精神，眾數壓抑個人，青年魯迅認為，這就是十九世紀末西方社會在中國維新人士羨慕不已的進步外表下愈演愈烈的「文化偏至」。

魯迅說中國人歷來重物質輕精神，仇視少數卓特之士而容易為眾數裹脅，現在又熱心學習西方，倘不細加辨別，將人家的「偏至」當寶貝全盤接受，那麼中國必然要在固有疾病和新添疾病「二患交伐」中愈加墮落。有見於此，他主張「掊物質而張靈明，任個人而排眾數」，不為中國痼疾所捆綁，也不為西方新潮所震懾，顯示過人的膽識。

這一主張不僅當時就是現在也非常具有先鋒性。魯迅的特點就在於矢志不移地尊重個性和精神，他的小說、詩歌、雜文和散文都貫穿了這一主張。魯迅一生思想具有高度同一性，不輕易變化，這也是世界上許多大文學家的共通點。

「為精神界之戰士者安在」

今索諸中國，為精神界之戰士者安在？有作至誠之聲，致吾人於善美剛健者乎？有作溫煦之聲，援吾人出於荒寒者乎？家國荒矣，而賦最末哀歌，以訴天下貽後人之耶利米，且未之有也。

——《墳・摩羅詩力說》，一九〇七

・・・・

青年魯迅具有強烈的民族憂患意識和愛國保種思想，但他對傳統文化弊病的攻擊也不遺餘力。這種矛盾的立場，「五四」以後依然如故，可謂愛而知其惡。

比如他說中國文學史上那些經典作品都缺乏反抗挑戰、爭天拒俗的精神，包括屈原在內都「可有可無」，價值不大。日本學者山田敬三在《魯迅的世界》中認為，魯迅思想從「葬送屈原」出發，也有道理。魯迅是尊重屈原的，更欣賞其文才，只是從缺少反抗精神這一點著眼，他不同意把屈原捧得太高。

青年魯迅不再迷戀往古，而是關心同時代人的思想。然而當時思想文化界又令他失望。在早年幾篇文言論文中，魯迅簡直就是憤世嫉俗的「狂人」，不停地揭露和抨擊同時代人的愚昧、怯懦、狡詐、虛偽，認為那些占據思想文化界領袖地位的維新人士都是「偽士」，是自封的「英雄志士」，是「輇才小惠」，「軀殼雖存，靈覺且失」，他們對當代文化大勢「凡所然否，謬解為多」，只是欺世盜名，兜售從西方學來的皮毛，回到中國來大撈好處，卻不願說一句真話。整個中國被「英雄志士」把持著，表面上熱鬧非凡，一片「擾攘」，實際上「淒如荒原」，「寂寞」得很。

正是在這一精神背景下，青年魯迅熱情呼喚「精神界之戰士」的誕生。

〈摩羅詩力說〉有一個觀點，認為中國古代政治理想在於「不攖人心」，即儘量不挑動人的內心，最好把人變成老子所說的「形同槁木，心如死灰」才天下太平。這樣的國家當然很難聽到「至誠之聲」或「溫煦之聲」，國破家亡時，甚至連古代以色列先知耶利米的「哀歌」也發不出，大家渾渾噩噩，在鐵屋子裡沉睡。「精神界之戰士」，就是清醒過來，不計厲害，敢說真話，想打破這鐵屋子的人，類似摩羅詩人。「摩羅」是古印度人所謂「惡魔」，魯迅用來指那些「立意在反抗，指歸在動作」的現代詩人如拜倫、雪萊、萊蒙托夫、普希金之流。他希望中國也能出現這樣的詩人，這樣的「精神界之戰士」。

魯迅講這番話是在一九〇七年，現在一百年過去了，我們也可以說：「今索諸中國，為精神界之戰士者安在？」

「英雄志士」不是「人」

故病中國今日之擾攘者，則患志士英雄之多而患人之少。

——《集外集拾遺補編．破惡聲論》，一九〇八

．．．．

這話有點費解。

現代漢語裡，「英雄」、「志士」是好聽的詞兒，青年魯迅卻說「英雄志士」太多而「人」太少，是中國一大病患。

「英雄志士」怎麼成了「人」的對立面？

原來，魯迅所謂「英雄志士」，特指那些竊據思想文化界領導地位、控制輿論的新派知識分子，他們對國家社會心有所圖，有小聰明而無大智慧，自私自利，大言欺世。這樣的「英雄志士」萬物皆備於我，什麼好處都拿，唯獨缺乏「氣稟未失之農人」的

「白心」，以及敢於「白心於人前」的誠實與單純。「人」則反之，其最簡單的定義，就是指生在現代社會卻具有「白心」並敢於「白心於人前」的樸素誠實的「人」，也就是後來〈狂人日記〉所說的「真的人」。

「五四」時期，周作人說中國之急務是「辟人荒」，一直以來中國人雖然也叫做人，卻沒有進化到符合現代社會的人的標準。魯迅在〈狂人日記〉中也說，中國人陷在吃與被吃的循環中，「難見真的人」。其實早在一九〇八年，他就已經發出了這種激烈的吶喊。

魯迅生前被戴上許多高帽子，死後榮譽更多。有人說一部現代文學史很好寫，把字典上所有好詞兒全堆給魯迅就得了。但魯迅自己對高帽子和好詞避之唯恐不及。他敬重的是「樸素之民，厥心純白」。除了「樸素之民」、「氣稟未失之農人」的「白心」，餘皆不足齒數，因為人最寶貴的就是莊子所說的一顆純白見素的心，其他都是不必要的偽飾。「英雄志士」拼命證明自己如何「善國善天下」，卻「羞白心於人前」，把內心遮蓋得嚴嚴實實。久而久之，他們的內心就變成「城府」，變成「爛泥的深淵」（魯迅後來在紀念心地單純的老友劉半農時就這樣批評某些名流），固然贏得了「英雄志士」

的徽號，卻失去人之為人的根本。

這是魯迅對中國文化和中國歷代知識分子最直接也最激烈的批評。

非信無以立

人心必有所馮依，非信無以立，宗教之作，不可已矣。
——《集外集拾遺補編·破惡聲論》，一九〇八

⋯⋯

晚清維新改良蔚然成風，一些讀書人為顯示新派，懂得科學，主張廢宗教，認為宗教等於迷信，迷信則是中國落後的原因；無知小民最愛宗教迷信，國家敗亡，責任就在他們。

青年魯迅強烈抗議這種論調。他認為，中國貧弱主要在讀書人一無所信，沒有特操，與小民無關，「墟社稷毀家廟者，徵之歷史，正多無信仰之士人，而鄉曲小民無與」。假冒偽善的無信仰之士人（魯迅斥之為「偽士」）以為科學是宗教的反面，一切都能用科學解釋，恰恰說明他們不懂宗教，也不懂科學。科學固然可貴，但科學對人和

世界的認識很有限，不僅不能侵占宗教地盤，自身的進步也有賴於包括宗教在內的人類精神的整體發展。

接著他對宗教的由來和本質提出了深刻闡釋：

「雖中國志士謂之迷，吾則謂此乃向上之民，欲離是有限相對之現世，以趣無限絕對之至上者也。人心必有所馮依，非信無以立，宗教之作，不可已矣。」

「人心」不能自足自立，身處有限相對之世，總渴望無限絕對之境。人的本質很大程度上表現為對「至上者」的「信」；無「信」就不能做為人「立」起來。至於迷信，多半是「偽士」對別人尤其是「樸素之民」的宗教信仰的汙蔑。實際上，即使真迷信，也屬於一種精神「自慰」，「自慰之事，他人不當犯干」。

青年魯迅並非教徒，也不熱衷迷信，他為宗教和迷信辯護，僅僅是肯定人在宗教迷信中所顯示的正常誠懇的精神要求。那些「偽士」呼籲破除宗教迷信，自己卻「元氣黯濁，性如沉垽，或靈明已虧，淪溺嗜欲」。「沉垽」，就是陰溝，從這種地方能產生什麼好東西呢?他們心無所信,沒有特操,今天講科學,明天反科學;今天「破迷信」,明天就是「敕定正信教宗之健僕」——只要皇帝提倡,隨便什麼都可以幫著推上神壇。

青年魯迅因此發出激言:

「偽士當去,迷信可存,今日之急也」。(同上)

與其相信「偽士」的假話,還不如尊敬迷信者的虔誠:這才是中國人最缺乏的。

肩住了黑暗的閘門

自己背著因襲的重擔，肩住了黑暗的閘門，放他們到寬闊光明的地方去；此後幸福地度日，合理地做人。

——《墳・我們現在怎樣做父親》，一九一九

・・・・

已故旅美華裔學者夏濟安在他有名的文章〈魯迅作品的黑暗面〉裡說，魯迅寫上面這句話時，一定想起《說唐》中的故事：隋煬帝陰謀布置的千斤閘被一個勇敢無私的巨人獨自托住，天下群豪才免遭聚殲，但這位英雄最後還是被沉重的閘門壓死了。其實，魯迅在閘門前加了修飾語「黑暗的」，與「因襲的重擔」相對，顯然特指中國傳統文化和道德規則，不單單指隋煬帝式的政治淫威。

魯迅反復申明，他只是進化鏈條上的「中間物」，不屬於嶄新的人類，因為他被

傳統文化毒害太深，理應隨傳統文化一同敗亡，不占新人的地盤。「肩住了黑暗的閘門」，意思是由自己來和因襲的傳統較量至死，使年輕人不受毒害，過一種完全不同的新生活。

在〈我們現在怎樣做父親〉這篇長文章中，魯迅還認為，過去中國人奉行長者老者本位的思想，視幼者為工具，積穀防饑，養兒防老；現在應反其道而行，以幼者為本位，承認新的少的總是好的，舊的老的總是惡的，後者應心甘情願為前者做犧牲。對這種「幼者本位」的進化論思想，魯迅後來也有所懷疑，但他仍然願意犧牲自己，為青年人創造生存的空間。

托住黑暗閘門的犧牲者形象，須建立在對傳統的黑暗化和恐怖化描述的基礎上，這一點很重要。如果後人不認為傳統乃漆黑一團的邪惡存在，犧牲者的犧牲就不僅沒有意義，反而滑稽可笑了。從二十世紀八〇年代末以來，許多人開始反思「五四」的「激烈反傳統」的偏頗，不僅要求越過「五四」重新評價中國傳統文化，而且大有美化傳統、迷戀傳統之勢。如果這股否定「五四」的潮流最後得勝，「肩住了黑暗的閘門」，是否就會變成魯迅一廂情願的自我美化呢？

如果傳統有其黑暗的一面，魯迅的承當就是真實的；如果傳統並非如此，魯迅的犧牲就是無謂的。

必有一是，非此即彼。

可憐的中國的孩子

中國的孩子，只要生，不管他好不好，只要多，不管他才不才。生他的人，不負教他的責任。雖然「人口眾多」這一句話，很可以閉了眼睛自負，然而這許多人口，便只在塵土中輾轉，小的時候，不把他當人，大了以後，也做不了人。

——《熱風》，一九一八

．．．．

魯迅常說中國歷史上從來不把人當人，中國人到他那個時代還沒有爭到做人的資格。他對人之為人的本質和權利有獨特的理解和較高的標準，始終不滿現實的人的狀態。

於是，很自然地，他將中國的希望寄託於孩子。

但馬上又擔心孩子們長大以後，很可能和祖輩父輩一樣沒出息。

在他的小說、散文詩《野草》和大量雜文中，經常可以看到變壞了的孩子的形象。〈狂人日記〉就有不懷好意的孩子惡毒地瞪著狂人，「都是娘老子教的」；〈孤獨者〉中討好魏連殳的一大堆孩子也都不是好貨；《野草》中的孩子甚至跟在父母後面對年邁的祖母說：「殺！」；雜文中描寫的「上海的兒童」、「上海的少女」，更令人堪憂。

魯迅總是真誠地說出自己的觀察和意見。他談小孩子的文章，和別的雜文一樣尖銳，激烈，憂患深重，並不刻意遵循兒童文學的一般格式，故意裝出一副似乎為兒童文學所特有的天真幸福的假模樣。

不知道在孩子們看來，魯迅這種尖銳、嚴肅、憂鬱的氣質，是可親可愛呢，還是可怕可厭？

如果我是孩子，或者想到自己做小孩的時候，恐怕還是覺得他可親可愛，因為這至少比較真實。

「國粹」可能就是「國渣」

什麼叫「國粹」？照字面看來，必是一國獨有，他國所無的事物了。換一句話，便是特別的東西。但特別未必定是好，何以應該保存？譬如一個人，臉上長了一個瘤，額上腫出一顆瘡，的確是與眾不同，顯出他特別的樣子，可以算他的「粹」。然而據我看來，還不如將這「粹」割去了，同別人一樣的好。

——《熱風・隨感錄三十五》，一九一八

⋯⋯

把國粹比做瘤或瘡，出人意料，也引人深思，因為抓住了共同點，即「特別」，而特別的東西未必就好，所以名為「國粹」，往往倒是「國渣」，應該掃除才是。

如此立論，比那些貌似高明的學術研究，直接爽快得多了。

我們今天是否還會像魯迅批評的國粹論者那樣，盲目擁護國粹，認為凡特別的東西就都是好的，就應該保存呢？

恐怕還有一點。

人類保存過去的東西，或特別的東西，目的何在？魯迅說他有一個朋友（我懷疑就是他自己）說：我們要保存國粹，先要問國粹能否保存我們？如果國粹無助於保存我們，反而以它因襲的重擔，像黑暗的閘門那樣將我們壓碎，保存這樣的國粹豈不就等於自取滅亡？

現在報紙上常常可以看到要保存所謂物質形態或非物質形態的文化遺產，其實也就是魯迅當年碰到的「國粹」——換了一個說法而已。但是，像魯迅那樣面對「國粹」或「遺產」而發出嚴肅追問的人在哪裡？

二十一世紀的中國似乎又進入新的文化復古時代，就連易中天「品三國」、于丹「論語心得」那樣的假古董、假國粹，也能「迷」倒一大片。看來魯迅確實死了，連同他和他那一代人從切膚之痛出發對中國傳統的真誠的懷疑，都被掃進「歷史的垃圾堆」，而歷史，正被一班新的不學有術者任意打扮著。

「中國人」與「世界人」

許多人所怕的，是「中國人」這名目要消滅；我所怕的，是中國人要從「世界人」中擠出。

——《熱風·隨感錄三十六》，一九一八

····

把「中國」和「世界」、「中國人」和「世界人」隔開，是魯迅一直警惕和反對的。

在他看來，中國與世界隔絕，就只能日益沒落。滿足於做一個自以為是的中國人是很滑稽的。真要做合格的中國人，必須先做合格的世界人，因為世界大於中國，中國屬於世界，中國的局限只有當它完全向世界敞開，才能被克服，而任何中國的特殊性價值都不能成為拒絕世界的普遍性價值的理由，中國不能自己和世界隔絕。

「五四」時期，魯迅、周作人常常說自己是「住在中國的人類」，就是這個意思。

都說現在已經到了資訊發達、資訊過度的時代，但成天掛在網上的網蟲們，成天在世界各地飛來飛去的貪官汙吏們、學者教授們，就能夠保證是「世界人」嗎？

「自大」也有講究

中國人向來有點自大。——只可惜沒有「個人的自大」，都是「合群的愛國的自大」。這便是文化競爭失敗之後，不能再見振拔改進的原因。

——《熱風・隨感錄三十八》，一九一八

⋯⋯

魯迅常說中國國民性一大缺陷是「怯懦」，這裡又說「向來有點自大」，似乎矛盾，其實並不。

這裡所說的「自大」，是躲在群眾後面、打著愛國招牌、大呼小叫、安全可靠、色厲內荏、不負責任的假冒的自大。一旦讓假冒的自大狂走出群眾庇護，扯去愛國招牌，做為負責任的個人站出來，馬上就會顯出「怯懦」的本相。

魯迅強調的是個人承擔。

因為缺乏個人承擔，遇到西方衝擊而失敗之後，中國文化就遲遲不能重新振作。可見文化的命運不單在保存國粹，不單在「綜合國力」，不單在學術昌明，更重要的還在一個一個具體的國民的精神自覺，一個一個具體的國民的「個人的自大」。

忽然想到，寫文章時，凡要主體出場的地方，通常都用「我們」而不用「我」，這是否也屬於「合群的愛國的自大」呢？

「掃除庭院」與「劈開地球」

現在的社會，分不清理想與妄想的區別。再過幾時，還要分不清「做不到」與「不肯做到」的區別，要將掃除庭院與劈開地球混作一談。

——《熱風・隨感錄三十九》，一九一九

・・・・

魯迅的許多特別俏皮的「硬話」，都是含著怒氣說出來的。

這大概也算是「憤怒出詩人」罷。

人當然不會昏迷到「將掃除庭院與劈開地球混作一談」，但人確實有這種毛病：因為缺乏理想而詆一切理想為妄想，因為「不肯做到」而凡事以「做不到」為擋箭牌。

對此，魯迅似乎也只能說出這種「硬話」，才能釋放怒火，讓人警醒。

當然相反的情況，也時有發生，就是把「劈開地球」看得和「掃除庭院」一樣容易。上世紀五〇、六〇、七〇年代的中國人，就是這麼過來的。

魯迅的許多話，翻過來讀，也有效。

只有「來了」來了

這便是「來了」來了。來的如果是主義，主義達了還會罷；倘若單是「來了」，他便來不完，來不盡，來的怎樣也不可知。

——《熱風．隨感錄五十六》，一九一九

．．．．

中西方在現代發生廣泛交通，西方的「主義」紛紛湧入中國，而任何「主義」到中國來都會引起騷動。

主張者為引人注目，就說某某主義「來了」；反對者為了引人注目，以便干涉，也說某某主義「來了」。

於是大家都相信，中國真的已經來了許多「主義」。

其實，對這些主義，主張者固然不信，反對者也沒多少研究。他們關心的只是「來了」這事本身。「主義」在中國所引起的騷動，大多數只是心理上一陣莫名的興奮，不會有什麼實際的結果。

「來了」的只是「來了」本身，也就是來了一陣空洞的叫喊和慌亂罷了。

魯迅的這番話，好像是文字遊戲，卻打中了要害。

對複雜重大的問題，魯迅不喜歡像現在那些拿「特殊津貼」的教授學者們那樣作長篇大論，最後把自己和讀者都搞得頭暈目眩。他既不堆積材料，也不做繁瑣論證，而是拈出習焉不察的某些關鍵字，稍加點撥，就令人豁然開朗，恍然大悟。

問題再複雜，總有要害可抓，而日常言談中可能就已經隱藏著某種呼之欲出的啟示。魯迅雜文的精彩，往往就在於充分玩味了這一存在的事實，並巧妙利用了語言本身所隱藏的資源，將存在的事實暢快地表達出來。

蔡元培給一九三八年版的《魯迅全集》作序，這樣闡述魯迅的文學天才：

「他的思想之豐富，觀察之深刻，意境之雋永，用字之正確，他人所苦思力索不易得當的，他就很自然的寫出來，這是何等天才！又是何等學力！」

從魯迅這一篇對「來了」的活用，就可以看出蔡元培的評價，是何等懇切。「用字之正確」豈屬末技，某種程度上就是文學和思想的生命。

不滿是向上的車輪

不滿是向上的車輪，能夠載著不自滿的人類，向人道前進。

——《熱風・隨感錄六十一》，一九一九

・・・・

中國文人，以其對現實的態度，大致可以分為兩類。一類是現實的辯護者，一類是現實的批判者。

前者大半處境優裕，或生性懶惰，或缺乏高遠理想，因此基本滿意現實。有誰不滿，他們反而不高興，希望這不滿和不滿者從速消滅。

後者出於種種原因（或處境惡劣，或敢於正視現實，或具有高遠理想）而與現實差距甚大，總是不滿現狀，希望改革。

魯迅屬於後一類，而且是現代中國批判現實最激烈、對「人道」理想最執著的一個。

他不僅不滿中國的歷史和傳統文化，更不滿他所生活的那個時代，他對於自己甚至也很不滿。這所有的不滿促使他總是癡心地去尋找理想的文化，理想的人生，因此他的文章總是可以讓讀者感覺到他所說的「血的蒸汽」，總是充滿著激動人心的「生存的戰叫」。

有人可惜魯迅光有不滿，自己卻沒有提出具體的理想社會藍圖；有人可惜魯迅一生不滿現狀，鬱鬱而終，僅得中壽。其實魯迅的不滿是有理想的，只不過他不想用僵化的語言來描述自己的理想。美好的理想是描述不出來的，只能放在心中，做為不滿的動力。魯迅早逝，除環境因素，確實與他好發脾氣有關，但如果不肯正視現實，只顧自己舒服，那樣的人即使無痛無災長命百歲，也不是魯迅所羨慕的。他曾用兩句很幽默的話，表達對這些人的不滿，說他們一路吃將過去，就只留下一堆糞便；說他們把自己養得白白胖胖，就只為了博得內務部（相當於今天衛生部）的獎勵。話雖「戳客」，卻非常解氣！在中國，這樣不知道不滿的人實在太多。

暴君的臣民比暴君更暴

暴君治下的臣民，大抵比暴君更暴；暴君的暴政，時常還不能饜足暴君治下的臣民的欲望——暴君的臣民，只願暴政暴在他人的頭上，他卻看著高興，拿「殘酷」做娛樂，拿「他人的苦」做賞玩，做慰安。

——《熱風・隨感錄六十五》，一九一九

・・・・

在專制社會，君主和臣民並非截然隔開。所謂暴政乃是一個結構，君與民共處於這個結構，發揮著各不相同的功能，誰也不是絕對的無辜者。

但魯迅還注意到這一事實：有時候，臣民比暴君更殘暴，對同類更缺乏同情心。

魯迅只是說有這個現象，他當然並不認為民眾全部如此，否則歷史就不會發展。

可另一方面，如果批評暴君時，把臣民完全撇開，也不符合歷史事實。

把一切罪惡都歸給暴君，更多的人就不會自己去承擔責任。如果這樣，則無論怎樣殘酷的歷史經驗，也不會催促人們自新向上。

日本早稻田大學教授安藤彥太郎在反省日本侵華戰爭時，對中國人所謂「把日本人民與日本帝國主義區分開來」的主張，稍稍提出自己不同的看法，很符合魯迅的意思：

「我完全贊成中國的這一主張。但我認為在贊成這一主張的前提下，還必須客觀地細緻地分析人民的思想。魯迅說過：『暴君治下的臣民，比暴君更暴。』帝國主義侵略了中國，但實際的暴行是人民幹的。人民為什麼受了帝國主義思想的汙染而不容易從中擺脫出來呢？──人民本身有義務對此進行探討和研究。」（轉引自張傑〈也談魯迅批評過的兩位日本作家的會談記〉，見張傑《魯迅雜考》第二五四頁，福建教育出版社二〇〇六年九月版）

看見世人的真面目

有誰從小康人家而墜入困頓的麼，我以為在這途路中，大概可以看見世人的真面目。

——《吶喊‧自序》，一九二二

‧‧‧‧

只是一句普通的感慨。但，大凡讀過《吶喊‧自序》的人，都不會忘記。因為這句普通的感慨確實道出了一種人生的真相，魯迅又說得那麼精準，感情又那麼飽滿：既有痛定思痛的蒼涼沉鬱，又有一份走過之後的超脫，饒恕，乃至優越感。現在的情況相反，許多人好像真的已經從困頓人家而進入「小康」了，「在這途路中」，是否也容易「看見世人的真面目」呢？

我想是的。

一闊臉就變，一有錢骨頭就輕起來，一吃飽肚子就發生存在主義式的迷惘症——此外還有許多花樣，許多有趣的「真面目」，「困頓」時看不到，「小康」之後才迅速暴露出來。

這又是一句可以翻過來看的話。

歷史只有「吃人」二字

我翻開歷史一查，這歷史沒有年代，歪歪斜斜的每頁上都寫著「仁義道德」幾個字。我橫豎睡不著，仔細看了半夜，才從字縫裡看出字來，滿本都寫著兩個字是「吃人」！

——〈狂人日記〉，一九一八

⋯⋯

有人說，〈狂人日記〉的價值，主要就在於發現了「吃人」二字。恐怕是這樣的。〈狂人日記〉這段話，有人說是準確地揭示了中國歷史的本質，也有人說未免過於偏激了——嚴重醜化了中國的歷史。

這當然不是空洞的爭論所能解決的問題，必須像魯迅那樣深入研究了歷史而又洞悉世道人心，才能做出自己的判斷。

但不管怎樣，在想像我們的「歷史」時，誰也無法回避魯迅有關「吃人」的論斷。

難見真的人

有了四千年吃人履歷的我，當初雖然不知道，現在明白，難見真的人！

——〈狂人日記〉，一九一八

‧‧‧‧

「狂人」剛宣布整個歷史都在「吃人」，馬上認識到自己也是「吃人的人」，而且已經在血液和文化記憶裡面擁有了四千年吃人的履歷，即使覺悟了，恐怕仍然積重難返。

這確實是中國現代文學史上最驚人的發現和最徹底的懺悔。

「難見真的人！」，一度被理解為「狂人」覺得在他周圍難以找到真的人，但整句話的主語是「我」，所要陳述的是我在「明白」之後的憂傷痛悔，因此日本學者丸尾常喜在他的著作《「人」與「鬼」的糾葛》中認為，「難見真的人！」，是說覺醒了的狂人自慚形穢，不敢站在將來的「真的人」面前。

狂人覺醒之後，懺悔之後，並未原諒自己，也並未在自己身上看到希望，所以他才覺得將來如果確實有真的人出現，自己不知道有什麼臉面去見他們。

因此「難見」，並非「不容易看到」，而是「怕見」、「羞於見到」、「見不得」。

地上本沒有路

希望是本無所謂有，無所謂無的。這正如地上的路；其實地上本沒有路，走的人多了，也便成了路。

——《吶喊‧故鄉》，一九二一

‧‧‧‧

對現代中國來說，傳統已死，新的文化尚未成熟，一切都在探索中，沒有明確的希望，也沒有現成的道路。

但，只要人活著，就不能說絕無希望，絕無道路，因為希望可以在人的心中，路可以在人的腳下。

這樣說來，人的存在包含兩種可能，一是沒有希望，無路可走，一是相反，存在本身就是希望，就是道路。

人活著，時刻都像站立在兩條道路交叉的岔路口，面臨著非此即彼的選擇，關鍵看人怎樣去生存。

如果放棄人自己的責任，人自己的決定，抽象地談論希望與絕望，有路或無路，都很無謂。這就像兩個人，在人生的岔路口分手之後，走上了不同的道路，獲得了不同的體驗，真要對話，並不那麼容易。

魯迅指出這一事實之後，他的傾向性意見，顯然是說人應該對自己負責，拋開抽象的爭論，自己走出一條希望的路來。

魯迅喜歡《莊子》，雖然他自己說中毒太深，經常有所批評，而且特別不贊同莊子的「此也一是非，彼也一是非」，甚至在歷史小說《起死》中讓莊子大出洋相。儘管如此，魯迅的文章實在還是有太多莊子的影響，「地上本沒有路，走的人多了，也便成了路」，就很像化用了莊子〈齊物論〉中的話：

「道行之而成，物謂之而然」。

地球上本沒有路，世上萬物本來也沒有現成的名字。路是人走出來的，萬物的名稱是人叫出來的。這和魯迅的說法，何其相似。

但傳道人說，太陽底下，沒有新事，「路」也一樣，你以為走出了一條新路，很可能正好踩在前人的腳印上。即使前人沒有走過，那也是命運之神預先安排好了的。與這種神定論或命定論相比，魯迅強調的是人的主體性和人的自由。

站在無論自己走出的還是被安排好的「路」上，思考人的自由和命運之神的關係，乃是我們一生的心事。既然如此，三言兩語豈可搞定。魯迅不過是立在即將離開故鄉的船頭上，看著不斷被拋到後面的默默無言的流水，觸景生情，說了這番話，所以我們還是應該更多從抒情的角度來體貼，不必當做一錘定音的格言，否則就太把這句話的偶然的和情感的色彩抹殺了，好像魯迅成天皺著眉頭，往外憋格言警句。

怨恨造物

假使造物也可以責備，那麼，我以為他實在將生命造得太濫，毀得太濫了。

——《吶喊．兔和貓》，一九二二

．．．．

人類常常抱怨「造物」，因為站在人自身的立場，確實無法理解生命現象，包括生命的出現與毀滅。

類似的思想，我們在魯迅著作中也經常可以碰到。如《野草．淡淡的血痕中》：

「目前的造物主，還是一個怯弱者。

他暗暗地使天變地異，卻不敢毀滅一個這地球；暗暗地使生物衰亡，卻不敢長存一切屍體；暗暗地使人類流血，卻不敢使血色永遠鮮濃；暗暗地使人類受苦，卻不敢使人類永遠記得」。

早在〈摩羅詩力說〉中，青年魯迅就崇尚「摩羅詩人」的反抗挑戰、爭天拒俗，實際上他一生都沒有放棄這種人道主義的立場，而與宗教的信仰、忍耐、交託無涉。基督教《聖經》說「申冤在我，我必報應」，一切冤屈、不公、災難、疑惑，只能交給神，人的本分是謙卑順服，而在造物面前抱怨和申訴如《約伯記》中那個呼天搶地的約伯，是很愚蠢的。

面對人所不能忍受更不能理解的生命的悲劇，人只能謙卑柔和地忍耐到底：許多具有宗教精神的作家最後都走到這一步，俄羅斯作家杜斯妥也夫斯基就是一個典型。

魯迅很佩服杜氏「當不住的忍從，太偉大的忍從」，卻承認自己無法達到這個境界（《且介亭雜文二集．杜斯妥也夫斯基的事》），所以他還是像「摩羅詩人」那樣，對造物之神提出了自己的「責備」。

這裡也可以看到魯迅的誠實，——他總是真實地表達自己的思想，從不兜售那些不屬於自己的東西，不說自己做不到的話。

敢把唾沫吐在新的少年的臉上

我敢將唾沫吐在生長在舊的道德和新的不道德裡，借了新藝術的名而發揮其本來的舊的不道德的少年的臉上！

——《集外集拾遺補編．看了魏建功君的〈不敢盲從〉以後的幾句聲明》，一九二三

．．．．

魯迅從「五四」落潮到一九二七年大革命失敗的慘痛經驗中驚醒過來，逐漸修正了先前的進化論思想，也放棄了對青年人的片面信任。

於是我們看到，他的雜文不僅抨擊老思想和舊人物，也一樣無情地挑戰並批評新思想和年輕人。

他罵年輕人，並非因為他們年輕，而是因為他們雖然年輕，卻沾染了「舊的不道德」。

正如他罵舊人物，也不單單因為他們年老，而是這些年老的舊人物試圖以其舊思想阻擋時代的前進。

但這一句話，我主要還是折服於他的奇特的造句。

自有新文學至今，這樣的造句可謂絕無僅有。

魯迅說漢語的缺點是不精密，只有大量引用西方語言的語法結構，才能有所彌補。

這個長句子，就是一個成功的實踐。

在「現代漢語」的歷史上，有所謂「極端的歐化」、「惡劣的歐化」的說法，都是批評簡單模仿西方語言尤其是語法的那種生硬的漢語。但魯迅這句話，在賓語「少年的臉上」之前，加了三十五個漢字的「定語」，這種「歐化」可謂「極端」，卻並不「惡劣」，因為我們讀這三十五個漢字的「定語」，不僅不拗口，反而覺得錯落有致，也刺激有味，可見漢語學習西方語言的空間和彈性，實在很大，只要善於學習，就能出奇制勝。

最要緊的是改革國民性

最初的革命是排滿，容易做到的，其次的改革是要國民改革自己的壞根性，於是就不肯了。所以此後最要緊的是改革國民性，否則，無論是專制，是共和，是什麼什麼，招牌雖換，貨色照舊，全不行的。

——《兩地書》，一九二五

‧‧‧‧

「改革國民性」，魯迅一生顛沛由是，造次由是，偉大卓特亦由是。

現代知識分子改革中國的方案可謂多矣，但改革國民性，專利權屬於魯迅，其內容就是「改革自己的壞根性」，比如愛面子，怯弱，懶惰，昏聵，喜歡瞞和騙，酷愛宣傳與做戲，玩弄文字遊戲，凶殘，無特操，缺乏愛和誠，奴性十足，巧滑偽詐——魯迅一生和本民族身上的這些壞根性殊死作戰，和人心的這些黑暗面竭力搗亂，他的文章多誅心之論，令人無法回避，無可推諉。

但也有人認為，魯迅太注重人心的改造，總想畢其功於一役，希望通過改造人心而一次性地改造社會，這就很容易輕視社會體制的一點一滴的改良。更有許多學者在這個意義上拿魯迅和胡適相比，認為胡適比魯迅更加偉大，胡適注重一點一滴的社會體制的改良，具有偉大的務實精神和寬容意識，而體制的改良本身也比人心的改善更切實，體制好了，人心也會在好的體制保障下慢慢變好，而如果體制不變，僅僅致力於人心的批判，就容易凌空蹈虛。

其實，魯迅主要是一個文學家，他能做的也就是訴諸讀者的感情，使他們有所觸動。他對體制和體制改革或許真的缺乏研究，但並不反對。他只是說如果忽略了國民性改造，忽略了人心的改善，僅僅寄希望於政治經濟體制的外在改良，是遠遠不夠的。

魯迅不是體制改革的敵人，他的國民性改造毋寧說是體制改革的一個有力補充。或者可以說，他希望國民性改造成為其他所有改革的前提和歸宿。

歸結起來，人是目的，體制是為人服務的。在相對來說比較好的歐美民主體制中，國民性豈非一樣需要不斷改善嗎？

夢醒以後無路可走

人生最苦痛的是夢醒了無路可以走。做夢的人是幸福的；倘沒有看出可走的路，最要緊的是不要去驚醒他。

——《墳‧娜拉走後怎樣》，一九二四

‧‧‧‧

這雖然針對挪威戲劇家易卜生的戲劇而發，卻也是魯迅做為覺醒了的現代中國人的特殊經驗。

在《吶喊‧自序》中，他將中國比做一間鐵屋子，裡面的人都沉睡並快要死去了，這時候如果有人拼命把他們叫醒，那麼在「萬難破毀」的鐵屋子裡，下場還是死，只不過先前由沉睡而死滅，現在則是清醒著、痛苦著死去，後一種結局顯然更加不堪。

在《而已集‧答有恆先生》一書中，他又說自己用文章攪動了青年的心，乃是犯罪，因為先前青年們被凌辱，自己卻不覺得，現在被喚醒了，仍然被凌辱，不過是在清醒狀態下受凌辱，新添了尖銳的痛感，而凌辱者也因此可以欣賞那「較靈的痛苦」。在這種情況下，覺醒了的青年就好像被人活吃的「醉蝦」，而他自己，就是「醉蝦」的製造者。那意思，和關於娜拉的講演正相同。

魯迅說這些話，一半是懷疑新的思想啟蒙運動，認為啟蒙者如果只能叫醒沉睡的國人卻不能為他們找到出路，還是不叫醒他們為好，免得叫他們無端經受「夢醒了無路可走」的更大的痛苦。在另一方面，也是懷疑他自己加入啟蒙運動以來的成就。

但魯迅說這些話之前和之後並沒有放棄啟蒙運動，而是更加激烈地吶喊，更加急切地要把一切人都從夢中叫醒。

因此這些話的主要用意，還是提醒人們，思想啟蒙不能滿足於第一步把人叫醒，還要和叫醒了的人一道去探索現實的出路。否則，停在第一步的啟蒙運動非但沒有價值，反而等於造孽。

群眾永遠是戲劇的看客

群眾，——尤其是中國的，——永遠是戲劇的看客。

——《墳·娜拉走後怎樣》，一九二四

····

把人生當作一齣戲劇，把自己當作這齣戲劇的看客，這在魯迅看來，就是對人生和自己都不負責任的無知懦夫的所為，絕對不可原諒。

魯迅在雜文和小說裡，對於看客心理和看客行為，始終給予猛烈的抨擊。在他看來，似乎中國的落後就因為這樣的看客太多，而敢於介入生活、把一切生活事件都看得與自己有關、堅決承當起來的人，才是中國的希望所在。可悲的是，少數代表中國的希望的改革者們往往會遇見一大群冷漠地包圍著他們的麻木無聊的看客——就像毫無同情心地旁觀阿Q綁赴刑場的未莊男女、《野草·復仇》中那些在荒野上抱著嗜血的心理希望別人互相砍殺的圍觀者、《而已集．略論中國人的臉》中描繪的北京街頭呆看飯店宰殺牛羊以至下巴拉得很長、「彷彿精神上缺少著一樣什麼機件」的無聊之輩……

更不幸的是，這樣的看客恰恰是中國人的大多數，是「群眾」，而換一個在魯迅死後從上世紀四〇年代開始流行起來的政治術語來講，就是所謂創造歷史的「人民大眾」。難怪早在二〇年代末期，就有一位名叫錢德富後來成為學者阿英的左翼青年（他和另一個安徽同鄉蔣光慈組織的「太陽社」是當時批判魯迅的急先鋒）指責魯迅歪曲、侮辱了老百姓，他認為魯迅只認識阿Q那樣沒有被革命理論啟蒙的不自覺的群眾，一旦跳出「死去的阿Q時代」，繼續把群眾看成阿Q，魯迅的思想就變得反動了。

撇開阿英的激進的左翼理論，或者也暫時離開魯迅的啟蒙立場，也許，說「群眾永遠是戲劇的看客」，只不過是現象的描述，並不推出是非善惡的結論。一般的群眾，除了做看客之外，還能幹什麼？老實說做一個超然理智的冷眼旁觀的看客也並不是那麼容易的事情，更多的時候，群眾只能被歷史洪流裹挾，成為完全失去主體性的「沉默的大多數」。如果他們忘記自己的身分，昂然以歷史的主人自居，結局或許更糟。

有時候做群眾——哪怕只是看客式的——也很可貴，而且不易。

中國太難改變了

可惜中國太難改變了，即使搬動一張桌子，改裝一個火爐，幾乎也要血；而且即使有了血，也未必一定能搬動，能改裝。不是很大的鞭子打在背上，中國自己是不會動彈的。

——《墳．娜拉走後怎樣》，一九二四

．．．．

這裡所論中國社會與文化的惰性，是魯迅站在二十世紀二〇年代的立場而回顧歷史時得出的結論，如果換在今天，讀者也許會不甚許可，因為今天的中國，有些事情改變起來不但不是「太難」，似乎也太容易了。

然而有三點需要分說：

一、今天的改變，是經過前人無數奮鬥爭取得來的，看似容易，實也包含著許多艱難，魯迅所說的許多的「血」。

二、今天的改變，許多地方仍然非常表面，道路、樓房、物質條件是新的，人心或許依然如故。許多「改變」的結果恰恰是「不變」，即變回到老路上去了。

三、今天的改變，很大程度上並非我們自身的覺悟和努力的結果，而是世界形勢的推動，是「很大的鞭子打在背上」才肯發生的一些小「動彈」。

考慮到這三個方面的因素，還能為今日中國的某些「改變」而沾沾自喜嗎？但事實上，中國人現在確實已經開始沾沾自喜了，實在沒有仔細看看改變的具體內容以及促成這改變的力量的源頭。這種小改變而大驕傲是很危險的。

梁啟超的腰子、魚肝油、痱子粉和須滕五百三

自從西醫割掉了梁啟超的一個腰子以後，責難之聲就風起雲湧了，連對於腰子不很有研究的文學家也都「仗義執言」。

——《華蓋集續編・馬上日記》，一九二六

・・・・

一九二六年二月，久為尿血所苦的梁啟超不顧親友反對，住進協和醫院接受割腎手術。但所割除之右腎經化驗並無病變，而尿血如故（梁氏三年後終於仍因尿血症不治而英年早逝），這就激起親友對協和醫院連帶西醫的憤慨，有人甚至喊出「科學殺人」的話來，而且確如魯迅所說，攻擊西醫的大多是和梁啟超同樣的文學家，比如徐志摩、陳西瀅以及梁啟超的弟弟梁啟勳等，害得素信西醫的梁氏本人只好站出來，親自為醫院和科學辯護。

看到西醫處於不利地位，魯迅忍不住拿梁啟超的腰子說事，一面為西醫辯護，一面打擊趁機抬頭的「中醫了不得論」。然而——

「我曾經忠告過G先生：你要開醫院，萬不可收留看來無法挽回的病人；治好了走出，沒有人知道，死掉了抬出，就哄動一時了，尤其是死掉的如果是『名流』。我的本意是在設法推行新醫學，但G先生卻似乎以為我良心壞。這也未始不可以那麼想，——由他去罷。」（《華蓋集續編．馬上日記》）

畢竟人命關天，這時再講科學確實不合適。但魯迅何許人也，愈不合適愈要講。這除了個性之外，也因為他對西醫和科學確實有近乎迷信的相信。

儘管魯迅在日本留學時曾是醫科學校一名「退學生」，而且一九〇七年左右，他就對「科學萬能論」進行過辛辣的諷刺，但他一生對科學和西醫本身仍篤信無疑。每次給遠在北京的老母親寫信，報告自己或兒子海嬰情況，總免不了有服用魚肝油之類的紀錄，似乎魚肝油是健體強身的萬驗靈方。當時許多人都迷信魚肝油，錢鍾書《圍城》中德國留學生方鴻漸的家書也提到正在吃魚肝油，以釋老父遠念。如果有人肯用《魚肝油與中國現代文學》為題作博士論文，一定很精彩。

魯迅翻譯果戈理《死魂靈》時，因為頂著酷暑，生了痱子，就到處向人推薦「屈臣氏大藥房」的痱子粉。他的學生蕭軍聽了，也用起同一個牌子的，卻不見好轉，魯迅的解釋是對方身體大，可能用量不夠，而如果不用，一定更糟。

愈到晚年，魯迅談到科學時就愈有一種特殊的感情。那在當時還受到中醫排擠、貧困阻撓和大眾懷疑的科學和西醫，差不多已經成了他在荒謬、昏亂和衰敗人生中唯一的盼望：他在一九〇七年所寫的〈科學史教篇〉中，就曾經認為，科學在本質上乃是「神聖之光」、「人性之光」。

人過分愛一樣東西，相信一樣東西，如果最後死於這樣東西，至少在他自己也就並無怨尤了。現在學術界（包括魯迅家屬）都在指責那個長期為魯迅醫病而在魯迅死後逃之夭夭的日本醫生須滕五百三（這一指責自從魯迅死後就未曾間斷過），起魯迅於地下，他是否也會像梁啟超那樣親自為「科學殺人」的醫生辯護呢？

大概會的。

我們中國最偉大最永久的藝術是男人扮女人

但是最可貴的是男人扮女人了，因為從兩性看來，都近於異性，男人看見「扮女人」，女人看見「男人扮」，所以這就永遠掛在照相館的玻璃窗裡，掛在國民的心中。

我們中國的最偉大最永久，而且最普遍的藝術也就是男人扮女人。

——《墳．論照相之類》，一九二四

．．．．

我有一個性喜誇張的朋友，很能看舊書，有一天突然告訴我，說是在佛經裡發現了一個天大的祕密，原來京劇男生扮演旦角的傳統起於古代寺院，因為沒有女性，只好由僧人中面目白淨者充當，而這些扮演女性的和尚就是梅蘭芳們的祖師爺了。

此君現在發跡，已經很難聯繫，否則倒是可以進一步打聽那詳細的出典。

不管起源將來能否弄明白，反正梅蘭芳的「美」確實有點尷尬。但尷尬歸尷尬，並沒有人明白地說出來。撞到魯迅的槍口上，才砰的一下爆炸了。

魯迅不喜歡京戲，討厭劇場吵鬧，觀眾秩序壞，鑼鼓又太喧闐。他更懷念兒時在鄉下看的以天地為大舞臺的「社戲」。他對京劇的不滿後來漸漸轉移到旦角的男扮女裝上面，尤其對梅蘭芳攻擊得厲害。個中原因，十年後的另一篇雜文，說得更明白：

「士大夫是常要奪取民間的東西的，將竹枝詞改成文言，將『小家碧玉』做為姨太太，但一沾著他們的手，這東西也就跟著他們滅亡──他（按指梅蘭芳）未經士大夫幫忙時候所做的戲，自然是俗的，甚至於猥下，骯髒，但是潑剌，有生氣。待到化為『天女』，高貴了，然而從此死板板，矜持得可憐。看一位不死不活的天女或林妹妹，我想，大多數人是倒不如看一個漂亮活動的村女的，她和我們相近。」（《花邊文學・略論梅蘭芳及其他（上）》，一九三四）

這是後話。一九二四年攻擊梅蘭芳，卻主要針對「兩面光」的變態性心理：叫一個戲劇形象同時滿足男女觀眾的性想像，男人在「他」身上看見所扮演的女人，女人在「他」身上看見角色後面的男身。

這種現象，其實也無可厚非，佛洛伊德甚至認為，「雌雄同體」（bisexuality）是許多藝術形象成功的祕訣。但這還是在談論藝術和美學。如果生活中有些男人出於某種需要或者受到某種文化的制約而扮演女人，那就真的面目可憎了。魯迅所憎惡的「我們中國的最偉大最永久的藝術」，恐怕主要還是指生活中的變態現象。做為「國粹」的京劇，不過是這一現象的美學形象罷了。

中國歷史的惡性循環

一，想做奴隸而不得的時代；二，暫時做穩了奴隸的時代。這一種循環，也就是「先儒」之所謂「一治一亂」。

——《墳・燈下漫筆》，一九二五

……

除了「吃人」之外，這是魯迅對整個中國歷史的另一個有名的概括。「奴隸」並沒有「人」的權利，不管做沒做得「奴隸」，都不算是「人的時代」，所以還是「吃人」，還是「將人不當人」。更可悲的是，有時候竟然連這被吃的「人」的資格也撈不到。所以魯迅這一層概括，不僅比「吃人」說得更具體，也更進了一步。

歷史是一個大題目，如今似乎都被學者們壟斷了，但歷史和現實並無絕對的界限，魯迅講歷史，並非令人生畏的考證排比，〈燈下漫筆〉是這樣起頭的：

民國初年，北京的幾個國家銀行頗講信用，由它們發行的紙幣很受歡迎，百姓情願把現銀換紙幣。但袁世凱復辟，南方起兵討伐，天下大亂，銀行信用頓失，百姓張惶失措。魯迅當時在教育部任職，也是銀元換紙幣的受害者，同樣惶惶不可終日。後來慢慢可以兌換了，於是漸漸高興起來。隨著換率不斷提高，高興的程度也不斷上升。因此他突然想到：

「我們極容易變成奴隸，而且變了之後，還萬分喜歡。」

紙幣停止兌換，小有產者等於破產，呼天搶地之際，是「想做奴隸而不得的時代」。漸漸允許兌換了，不管能換多少，總算撈回來一點，這就進入「暫時做穩奴隸的時代」。總之隨人擺布，能否兌換，可換多少，主動權都不在自己。

這種情景，和今日忽悲忽喜、一驚一乍之「股民」，是否也有幾分相似？

有了切膚之痛，再來講歷史上的「一治一亂」，就不難理解了。

所謂「治世」，就是「暫時做穩了奴隸」，主子有定準，奴隸知道怎樣服從而稍能安生。所謂「亂世」，就是「想做奴隸而不得」，主子及其統治術不停地更換，奴隸不知所措，一刻不得安生。

歡迎這樣的外國人

我常常想，凡有來到中國的，倘能疾首蹙額而憎惡中國，我敢誠意地捧獻我的感謝，因為他一定是不願意吃中國人的肉的！

——《墳・燈下漫筆》，一九二五

・・・・

這也是典型的魯迅式的「古怪」。

一般中國人都以能夠聽到外國人的幾聲喝彩而高興，這樣就有了「民族的自豪感」，在外國人面前掙得了面子。直到今天，為了證明我們的蒸蒸日上，電視、廣播和報紙上，不仍然經常可以看到「外國朋友也說我們好」的報導與採訪嗎？

魯迅則不然，他認為中國既然這樣糟糕，外國人的喝彩就不懷好意。相反，如果外國人看到中國糟糕的樣子而「疾首蹙額」，甚至「憎惡中國」，說明該外國人還有點良心，不願趁火打劫。

這當然並非絕對正確的公式。如果中國真的好了，那麼讓外國人出面誇幾句，也是無傷大雅的。

自己裁判，自己執行

但有時也想：報復，誰來裁判，怎能公平呢？便立刻自答：自己裁判，自己執行；既沒有上帝來主持，人便不妨以目償頭，也不妨以頭償目。

——《墳・雜憶》，一九二五

⋯⋯

事情要從一九〇七年左右說起。那時候，章太炎主編同盟會機關刊物《民報》，力主排滿革命的民族主義，同盟會的另一些人，特別是章的夙敵吳稚暉等，在巴黎創辦《新世紀》，宣傳無政府主義，說「今之民族主義，即排滿也；夫排滿，則私矣」，「民族主義者，復仇主義也；復仇主義者，自私主義也」。章太炎也曾同情過無政府主義，這時發現無政府主義者已經變成反對復仇和排滿的超然派了，於是改變觀點，發表著名的〈排滿平議〉：

「言無政府主義，不如言民族主義也。」

「無政府主義，與中國情狀不相應。」

他進一步指出：

「吾儕所執導者非排一切政府，非排一切滿人，所欲排者，為滿人在漢之政府。」

「復仇者，以正義反抗之名，非輾轉相殺謂之復仇！」

這場爭論給魯迅留下很深印象，他在經驗和觀察中所思考的最大問題，是如果復仇，那麼由誰來裁判，怎樣才算公平？直到上世紀二〇年代中期，他才從當初圍繞「排滿」的爭論中引出這樣的結論：

「但有時也想：報復，誰來裁判，怎能公平呢？便立刻自答：自己裁判，自己執行；既沒有上帝來主持，人便不妨以目償頭，也不妨以頭償目。」

日本學者竹內好在他所著的《魯迅》一書中指出，魯迅一生活在論爭當中，論爭成了他的生命本身；論爭一結束，他的生命也就跟著結束。竹內好之所謂「論爭」，也就是言論上希求「公平」的「報復」。換言之，魯迅一生都用自己的文章為武器在不停地報復那些不「公平」的言論，以爭取「公平」。魯迅認為這個事業的主持者不是上帝，而是人自己，因此不會有絕對的「公平」，但相對的公平（「以目償頭」和「以頭償目」）也聊勝於無。

現代西方啟蒙思想，從德國哲人康德以來，在行為倫理上向來主張「自己立法，自己遵行」，這也略等於魯迅所謂「自己裁判，自己執行」。但康德有絕對的「物自體」，也就是上帝的投影，他的啟蒙思想並沒有完全拋棄基督教神學。魯迅所謂「既沒有上帝來主持」，未必指他心中沒有上帝，而是說當論爭發生時，大家都沒有意識到上帝的在場。

沒有宗教的終極審判和絕對公平的信念作支撐，「自己裁判，自己執行」的「報復」（包括竹內好所說的「論爭」），只能追求現代東方無神亂世真誠的個人之間替代性的公正。這或許就是魯迅一生奮鬥的目標。其實也很可貴。

一定要死，還要吃飯

雖然不過是蚊子的一叮，總是本身上的事來得切實。

——《三閒集．怎麼寫》，一九二七

．．．．

一九二七年底，魯迅定居上海，偶爾回憶起在廈門大學時，獨自面對海天夜色，很自然地想到國家、自然、宇宙一類的大問題，似乎經歷了哲學家所謂的「世界苦惱」，但突然大腿上被蚊子一咬，結果很不妙：

「我便不假思索地用手掌向痛處直拍下去，同時只知道蚊子在咬我，什麼哀愁，什麼夜色，都飛到九霄雲外去了。」

他接著想：

「雖然不過是蚊子的一叮，總是本身上的事來得切實。能不寫自然更快活，倘非寫不可，我想，也只能寫一些這類小事情——」

現在的人很容易發生「終極的思考」，追求終極真理，而責備魯迅不肯做這樣高級的思考，一味用雜文和瑣碎的人事糾纏。魯迅自己就經常聽到這樣的批評，也很認真地思考過這個問題。他的結論是，尊重那些思考終極真理的人，卻宣告自己不能做這樣的思考，只能就事論事地澄清一些具體的是非善惡。他認為沒有能力也沒有必要由他這樣的普通人來解決終極問題，別人也沒有權利拿終極真理之類的問題取消他的工作的意義。

早在一九〇七年寫〈摩羅詩力說〉時，他就認為文藝的特點在於直接寫出人生的真相，「直語其事實法則」，要做到這一點，必須「實利離盡，究理弗存」，也就是說，文藝與實際的利害或終極的真理無關。一九一九年寫〈我們現在怎樣做父親〉時，他又說：

「我自己知道，不特並非創作者，並且也不是真理的發見者。凡有所說所寫，只是就平日見聞的事情裡面，取了一點心以為然的道理；至於終極究竟的事，卻不能知。」

一九二五年底寫《華蓋集．題記》，也有同樣表述：

「我知道偉大的人物能洞見三世，觀照一起，歷大苦惱，嘗大歡喜，發大慈悲──於是而為天人師。我幼時雖曾夢想飛空，但至今還在地上，救小創傷尚且不及，那又餘暇使心開意豁，立論都公允妥洽，平正通達──我活在人間，又是一個平常人──」

在《華蓋集續編．小引》中又說：

「這裡面所講的仍然並沒有宇宙的奧義和人生的真諦。不過是，將我所遇到的，所想到的，所要說的，一任它怎樣淺薄，怎樣偏激，有時便都用筆寫了下來，說得自誇一點，就如悲喜時的歌哭一般——」

這個思想直到晚年也不曾改變。在一九三五年的一封信中他還是說：

「現在只要有人做一點事，總就另有人拿了大道理來非難的，例如問『木刻的最後的目的與價值』就是。這問題之不能答覆，和不能答覆『人的最後目的和價值』一樣。但我想：人是進化的長索子上的一環，木刻和其他的藝術也一樣，它在這長路上盡著環子的任務，助成奮鬥，向上，美化的諸種行動。至於木刻，人生，宇宙的最後究竟怎樣呢，現在還沒有人能夠答覆。也許永久，也許滅亡。但我們不能因為『也許滅亡』就不做，正如我們知道人的本身一定要死，卻還要吃飯也。」（〈致唐偉英〉）

看過這些表白，當能理解魯迅的大半矣。

瞞和騙的大澤

中國人向來因為不敢正視人生，只好瞞和騙，由此生出瞞和騙的文藝來，由這文藝，更令中國人更深地陷入瞞和騙的大澤中，甚而至於已經自己不覺得。世界日日改變，我們的作家取下假面，真誠地，深入地，大膽地看取人生並且寫出他的血和肉來的時候早到了。

——《墳．論睜了眼看》，一九二五

．．．．

魯迅在世時，常有人罵他是刀筆厲害的「紹興師爺」，他自己也承認，「在中國，我的筆要算較為尖刻的，說話有時也不留情面」（《華蓋集續編．我還不能「帶住」》）。就說這一篇吧，概論「中國人」和中國的文藝，用了「向來」二字，幾乎一筆抹殺了。這大概也只有魯迅才敢。許多時候，魯迅確實就是和「向來」的整個的「中國人」獨自作戰，其孤立決絕，可想而知。

「不要把話說得太滿」，「要留有餘地」，不錯，這是大多數人立身行事的準則，但魯迅只要自己看準了，就偏要把話說滿，不給自己留什麼餘地。這種戰士的品格，有人說是因為受了西方的狂人尼采的影響。鼓吹「超人哲學」的尼采說話確實很滿，但那大多數是自我吹噓，而且很少涉及具體的人事，魯迅的抨擊，自我吹噓的地方很少，而且往往並不回避具體的人事，指名道姓，令被抨擊的人無法躲藏——這不僅尼采辦不到，也絕非蹬在幕後的「紹興師爺」可為。

「五四」時期，胡適也曾引用易卜生的話：「世界上最孤立的人最有力量」。但真肯孤立地「獨鬥」，甚至與通國之人為敵，不惜淪為易卜生筆下的「國民公敵」的，大概只有魯迅一人。

只有這樣的人，才有希望揭破「瞞和騙」。

為敵人而活

我的可惡有時自己也覺得，即如我的戒酒，吃魚肝油，以望延長我的生命，倒不盡是為了我的愛人，大大半乃是為了我的敵人，——給他們說得體面一點，就是敵人罷——要在他們的好世界上多留一些缺陷。

——《墳．題記》，一九二六

．．．．

揚言「生當五鼎食物，死當五鼎烹」的主父偃，是歷史上有名的「倒行逆施」者。魯迅說自己活著，不為愛人，而為敵人，讓敵人們不快活，給他們多留一些缺陷——他在另一個地方則說讓他們多收穫一些嘔吐——如此公開表達自己對他人的切齒痛恨，按中國人一般的道德原則來說，大概也可謂「倒行逆施」了罷。

有人說，這是魯迅的「仇恨哲學」，並由此推斷魯迅是一個心理上仇視別人的人，其實大錯。

魯迅最看不起的，就是那些只顧自己不顧別人的動輒「恨恨而死」的「憎人者」：

「惟憎人者，幸災樂禍，於一生中，得小歡喜，少有掛礙；然而憎人卻不過是愛人者的敗亡的逃路，與寶玉之終於出家，同一小器。」（《集外集拾遺補編．《絳洞花主》小引》，一九二七）

即使對於俄國作家阿爾志跋綏夫筆下因為愛人而得不到理解結果變成報復一切人的「工人穗惠略夫」這樣一個處境相似的失敗的啟蒙者，魯迅也還是批判的。晚年作〈病後雜談〉，一開始就嘲笑傳說中的某個讀書人，此人希望全世界人統統死光，只剩他一個（還有一個大姑娘陪著，不遠處再有一個賣大餅的隨時供應食物）。在另一篇雜文中，他非常傷心地指出，中國有些人「恨不得一口吸光全部的空氣」！

確切地說，魯迅並不仇恨一切人，而只仇恨那些仇恨別人的人。仇恨這些人，乃是仇恨他們值得仇恨的想法、做法和品質，目的是希望中國最終能好起來。

魯迅說他雖然罵了不少人，卻並無一個私敵——即完全因為個人利益而結怨的人。這是可信的。

從來不罵人，也沒有敵人的人，應該有的。他們要麼是聖人，脫離了人間的捆綁，要麼是居心叵測的偽君子。對於後者，老實人應該小心！

難以直說的悲哀

我的確時時解剖別人，然而更多的是更無情面地解剖我自己，發表一點，酷愛溫暖的人物已經覺得冷酷了，如果全露出我的血肉來，末路正不知要到怎樣。

——《墳．寫在《墳》後面》，一九二六

．．．．

如果說魯迅的話也有不可全信的，我以為大概就是上面這一句。他真的還有什麼更重要的話沒有說出來嗎？我看未必。我覺得這不過是一種修辭，就好像他說自己有許多想法，甘願讓它們隨自己的腦袋一同埋在土裡一樣，都是為了吸引讀者更多注意力的修辭手段。

不錯，是有許多研究者，他們就喜歡研究作家——尤其是偉大作家——據說因為各種原因而沒有說出來的隱祕的話。這些研究者確實善於穿鑿附會，捕風捉影，鑽到作家的心眼裡和文字的背後去大肆發揮。其實，在這樣的研究中，作家們已經說出來的話反而被忽略甚至變得不算什麼了——這難道是他們希望看到的局面嗎？

努力說話，說出自己心裡想說的一切，這是作家的本分。也許有些話他在這地方用這種方式真的說不出口，但他必然會想方設法換一個地方和方式最終把它說出來，否則他就是一個失敗的作家了。

只有失敗的作家，才動不動揚言：下一部作品才是我最好的，我沒有說出來的話才是最重要的。下一部作品還沒寫出來，誰敢保證是他最好的呢？還沒說出來的話，誰曉得是什麼樣子的呢？

魯迅晚年對好朋友講的一番話，可以做為上面這句話的補充：

「我有許多小小的想頭和言語，時時隨風而逝，固然似乎可惜，但其實，亦不過小事情而已。」（〈致李霽野〉）

一切都是中間物

動植之間，無脊椎和脊椎動物之間，都有中間物；或者簡直可以說，在進化的鏈子上，一切都是中間物。

——《墳・寫在《墳》後面》，一九二六

⋯⋯

「中間物」是魯迅思想中的一個重要概念，有學者甚至認為是他思想的核心，其他一切由此推導出來。

其實也很簡單：魯迅是根據進化論對動植物發展的描繪，推想人的發展也呈現一條從低級到高級的「進化的鏈子」，個體的人都是這條鏈子上的一個環節，他的人生意義也就落實到這個環節上面，只有做為這個環節才有意義，不能超出這個環節而不切實際地去追求人生的意義。

具體來說，魯迅認為他自己就是中國人進化的鏈子上的一個環節，是從舊文化、舊道德轉向新文化、新道德的一個過渡性人物，所以他一方面堅決告別舊的迎接新的，另一方面又時時提醒自己決非嶄新的人類，思想上保留了太多過去的影響，他有必要在別人努力向前的時候，清算自己身上依然遺留的舊的東西。他的白話文也是「文白夾雜」，因為既非「之乎者也」，也不是「Yes，No」（《而已集．當陶元慶君的繪畫展覽時》）；倘不如此，反而不正常了。

在新舊轉變的關口，做為「中間物」，魯迅找到了他的身分認同，獲得了清醒的自我認識。今日社會急變，文化日趨多元，人們往往看不清自己的位置，迷惘彷徨，痛苦萬狀。比起來，魯迅的彷徨還是較少的呢。

胡適沒有提到「中間物」的概念，但他的名文〈不朽——我的宗教〉，討論有限人生貢獻於無限的社會福祉，就能融入社會進步而一同成為不朽，這和魯迅所謂「中間物」的含義是相通的。

承認自己是「中間物」，就是持守命運安排的位置，各人把自己看得合乎實際。在積極的一面，就是深信自己所做的都有意義，在無窮進化的鏈子上都是可紀念的。

「我做孩子的時候，話語像孩子，心思像孩子，意念像孩子；既成了人，就把孩子的事丟棄了。我如今彷彿對著鏡子觀看，模糊不清，到那時，就要面對面了。」（《哥林多前書》13：11—12）

「中間物」都不是完全的，但他的心思意念的局限性也並非不可更改，因為他也有完全的時候，但這樣的時候，是在進化論所設想不到的另一個信仰的時間。

我不樂意

有我所不樂意的在天堂裡，我不願去；有我所不樂意的在地獄裡，我不願去；有我所不樂意的在你們將來的黃金世界裡，我不願去。

——《野草・影的告別》，一九二四

‧‧‧‧

魯迅一直相信，個人自覺，乃社會進步的最終動力。每個人都能堅持自己的立場，忠實於自己的感受，如〈破惡聲論〉所說，「人各有己」，社會進步才有堅實的基礎。任何強迫個人服從、不管個人意願的絕對命令，不管它是「從來如此」的舊有權威，還是新興的更加強大的勢力，對覺醒了的個人都是無效的；也不管它是天堂的允許，還是地獄的恐嚇，對於有自信的個人，都不起作用。

明明被定為陳舊、腐朽、落後的觀念，或罪惡的地獄，已經被大家唾棄了，個人若要拒絕，或者也不太困難。然而，如果是大家趨之若鶩的「天堂」、「將來的黃金世界」、「烏托邦的理想王國」在向你招手，即或沒有外在政治權威的逼迫，沒有周圍親戚朋友的拉攏，你還會因為自己「不樂意」而拒絕進入嗎？

我不布施

我不布施，我無布施心，我但居布施者之上，給予煩膩，疑心，憎惡。

——《野草‧求乞者》，一九二四

‧‧‧‧

老舍有篇小說，叫〈善人〉，諷刺號稱慈善家的闊太太，其實是一個裝腔作勢、假冒為善的人。這些人若有布施，「義不食周粟」的「孤竹國二君子」伯夷、叔齊，自然不要，但不懂聖人之所謂「義」而又無隔宿之糧的升斗小民，恐怕只能來者不拒吧。

不管是偽善還是真善，在接受布施的一方，其價值，也並不能完全抹殺。

然而這在尼采看來，也就是「弱者的道德」，「奴隸的道德」，不利於「超人」的產生了。基督勸導大家「愛人如己」，那麼，施行善事、接濟窮人，自然也包括在內。這也曾經被尼采攻擊過，但實際上基督早就警告那些施行善事的人：

「你們要小心，不可將善事行在人的面前，故意叫他們看見；若是這樣，就不能得你們天父的賞賜了。」（《馬太福音》6：1）

「你施捨的時候，不要叫左手知道右手的行為，要叫你施捨的事行在暗中，你父在暗中察看，必然報答你。」（《馬太福音》6：3—4）

故意行在人前，叫眾人看見，大概就是「布施心」吧（《野草．求乞者》描寫的求乞是在大庭廣眾，若要布施，當然也只能行在眾人面前）。把善事行在暗中，只讓神曉得，不叫人看見，不求人的回報與獎賞，這樣的行為已經與人之所謂善良、美德無關，只是遵從神的命令而已。

魯迅反對「布施」，也許受了尼采的影響，但他宣布「無布施心」，還要給布施者以「煩膩，疑心，憎惡」，這和耶穌對「故意要得人的榮耀」的「假冒為善的人」的指斥，就並非不可以相通了。

我且去尋野獸和惡鬼

是的，你是人，我且去尋野獸和惡鬼……

——《野草・失掉的好地獄》，一九二五

……

神創造世界，又造人，「使他們管理海裡的魚、空中的鳥、地上的牲畜和全地，並地上所爬的一切昆蟲」（《創世記》1：26）。神又創造了諸天使來服侍自己，也服侍人，但其中有墮落的，便是魔鬼，他很快就找到人，並引誘他不聽神的話，一同墮落。

從此以後，人就離不開野獸，也離不開魔鬼。在文藝作品中，人、獸、鬼總是糾纏在一起，不可分拆。上世紀三〇年代巴金的一本書就叫《神・鬼・人》，四〇年代錢鍾書的一本小說集乾脆就叫《人・獸・鬼》。從古到今，小說、散文、詩歌、戲劇、電影，寫來寫去，無非三個主人公，人、獸、鬼；其中有人獸雜居，也有人鬼相通，都非異事。一些大文豪的著作，簡直也包含有一部動物和鬼怪的詞典。流風所及，語言中以人比喻鬼、獸或以鬼、獸比喻人或以鬼獸互相比喻的成語，更不可勝數。

我們活在人的世界，同時也活在獸的世界、鬼的世界。人的地位，原來無比尊榮，是獸的管理者，魔鬼在墮落之前，也服侍人，但人墮落之後，雖然還頂著人的名義，卻失去了神所賦予的無比尊榮，不僅「人之異於禽獸者幾希」，甚至還不如野獸或惡鬼，以至於有些對人絕望了的人，願意與「野獸和惡鬼」交朋友，也不願與同類周旋。

這當然並不是說野獸和惡鬼有什麼好處，而是說，人，實在有他的說不出來的可悲與可惡，所以並非因為頂著「人」的名號，就有理由自以為是，妄自尊大了。

抉心自食者的失敗

……抉心自食，欲知本味。創痛酷烈，本味何能知？

……痛定之後，徐徐食之。然其心已陳舊，本味又何由知？

——《野草．墓碣文》，一九二五

．．．．

《野草．墓碣文》說一精神上沒有歸宿的人，想知道自己是什麼，經過一段痛苦的自我反省，仍然不知道，於是抑鬱而死。死者在墓前立了塊碑，親撰碑文，自稱「遊魂」，化做長蛇，口有毒牙，不去咬人，而咬自己，結果把自己咬死了。為什麼咬自己？想將自己的心掏出來吃，看有什麼滋味！

這就是「抉心自食」。

但他失敗了。

何以故？

因為吃的時候太痛，不能知道味道；痛定之後再吃，心已陳舊，又豈能吃出「本味」？

剖心知味，非無前例。《史記．殷本紀》就記載紂王的叔叔比干苦諫紂王，紂王藉口想知道「吾聞聖人心有七竅信有諸乎」，就殺了比干，掏出心來：當然只是一顆平常的心。這事到了《封神榜》，變成比干真有一顆「七竅玲瓏之心」，被紂王取出，比干竟不死，因為吃了姜子牙的神藥，但必須問見到的第一個人「人若無心如何？」若回答：「人無心還活」，即可不死，若回答：「人無心即死」，便當場氣絕。比干遇見賣菜的婦人，回答是「人無心即死」，比干遂死。民間傳說又不一樣了，當時是比干怒而自摘其心，擲於地上，揚長而去（也吃了姜太公的神藥），此後因為無心，做事格外公正無偏，所以就被尊為「財神爺」。

魯迅在日本時和周作人合譯過《域外小說集》，其中俄國作家安特萊夫的短篇〈謾〉是魯迅譯的。小說講一個執著的青年，總懷疑深愛著的姑娘不忠誠。姑娘愈表白，他愈不信，結果神經錯亂，親吻姑娘的時候，看著她美麗的額頭，竟然——

「思此薄壁之後，誠乃攸居，因不覺作異想，既欲披其頭顱，俾得其誠於此，而躍然胸次者，心房也，又安得以此爪裂其胸，俾一觀人心何狀。」

結果把姑娘殺了，——當然一無所獲。

小說最後說：

「嗟乎，特人耳，而欲求誠，抑何愚蠢矣！傷哉！」

這就等於宣布，要在人心中追求真誠或真相，是不可能的。

這兩個故事，都說他人之心不可知。魯迅要講的，是人的自知更不可能，所以他必須把剖他人之心改寫為剖自己之心。這就有了中國現代文學史上最陰慘恐怖的一幕。

據說古希臘德爾菲斯神廟牆壁上刻有一句神諭：「認識你自己」。我不知道這句話的後面，是驚嘆號，還是問號；也不知道，希臘的神是善意地鼓勵人去認識自己，還是惡意地誘惑人乃至嘲弄人去做他根本不能做的事。人世世代代千方百計想認識自己，有的於渾渾噩噩中失敗，有的於苦苦追問乃至「抉心自食」中失敗，殊途同歸。比起來，還是希伯來人聰明，省事，他們根本就不認為自己能認識自己，而相信只有創造之神認識他們——就連頭髮，神也都數算過了。

〈墓碣文〉似乎受〈譭〉影響很深。青年殺人之後，忽然想起小時候在動物園見過的一頭籠中怪豹，這時竟然化做長蛇，口現毒牙，追咬自己。

阿Q臨死，也忽然想到多年前在山中看到的一條差點追上他的餓狼。在餓狼的眼睛裡阿Q似乎看清了自己，可惜為時已晚：他被槍斃了。

「認識你自己」？

難，而且恐怖！

沉默充實，開口空虛

當我沉默著的時候，我覺得充實；我將開口，同時感到空虛。

——《野草．題辭》，一九二七

．．．．

《野草．題辭》打頭這一句，也許已經被「過度闡釋」了，其實只是魯迅對他生命中兩次「開口」的懺悔。

從一九〇九年回國到一九一八年發表〈狂人日記〉，魯迅沉默了十年。十年沉默，他覺得「充實」，而「空虛」則是兩次「開口」的結果：一九〇七年左右「提倡文學運動」和一九一八年以後投身新文化運動。

一九〇七年左右魯迅描述中國的精神狀況，使用頻率最高的是「擾攘」、「寂寞」、「淒如荒原」這些詞，尤其是「寂寞」（相當於後來所說的「空虛」）。那次

「開口」，本想戰勝「寂寞」，結果卻失敗了，在《吶喊．自序》中，他回憶說：「這是怎樣的悲哀呵，我於是以我所感到的為寂寞」，「這寂寞又一天一天地長大起來，如大毒蛇，纏住了我的靈魂了」，這就落入了十年的「沉默」。

十年之後再度「開口」，結果還是一樣，所以他說：「我將開口，同時感到空虛。」

沉默並非「靈魂」的死亡，乃是「靈魂」用拒絕「開口」的「沉默」反身與「寂寞」「糾纏」。「糾纏」是不出聲的無人知曉的搏鬥。這或許就是「沉默」中的「充實」罷？

這樣，用「沉默」來反抗「開口」之後的「寂寞」，也可以說是勝利了。大聲疾呼、反抗外在「寂寞」的「開口」的戰鬥，轉為堅持在自身內部進行無人知曉的沉默的搏鬥，這比僅僅反抗與己無干的客觀現象更深切：他有理由覺得「充實」。

「當我沉默的時候，我覺得充實；我將開口，同時感到空虛。」

提示全部《野草》的這一警句，最初和魯迅兩次「開口」的經驗有關，卻也溝通了有關人類語言局限的普遍思考。使徒雅各早就說過，人身上最可怕的莫過於舌頭：

「各類的走獸、飛禽、昆蟲、水族，本來都可以制服，也已經被人制服了；惟獨舌頭沒有人能制服，是不止息的惡物，滿了害死人的毒氣。」（《雅各書》3：7—8）

傳道人則教訓說「不可冒失開口」：

「你在神面前不可冒失開口，也不可心急發言；因為神在天上，你在地下，所以你的言語要寡少。事務多，就令人作夢；言語多，就顯出愚昧。」（《傳道書》5：2—3）

這樣看來，「開口」使你「空虛」而「沉默」讓人「充實」，就很自然了。

誰反對白話就詛咒誰

我總要上下四方尋求，得到一種最黑，最黑，最黑的咒文，先來詛咒一切反對白話，妨害白話者。

——《朝花夕拾．二十四孝圖》，一九二六

．．．．

今天回顧「五四」的文學革命，於白話文一節，多推胡適〈文學改良芻議〉和陳獨秀〈文學革命論〉的首倡之功，就是當時的人，也是這樣看的，所以胡適「暴得大名」，甚至被稱為「白話皇帝」，就很自然。

但談到魯迅，文學史上至多說他的小說「顯示了『文學革命』的實績」（這也還是借用他自己十八年後寫的《中國新文學大系．小說二集序》裡頭的話），而且偏重文學創作的內容，對魯迅在白話文運動中的實際貢獻，並未給予清楚交代。

今天為什麼寫白話文而不是文言文？這固然有胡適、陳獨秀、錢玄同等人的理論宣導的功勞——現在還有許多學者更把白話文運動向前推到晚清——但是，如果沒有魯迅式的在感情上和文言文的真實的牴觸，乃至於根據切身經驗的切齒痛恨，就無法想像如胡適這樣一個本人尚在美國的留學生，單憑一篇論理也並非無懈可擊的文章，就能登高一呼，而應者雲集。

讀史，往往易見古人之言論，而難解古人之感情，因為肯於並且善於表達感情如魯迅這樣的文學家，實在不多。

少看或者不看中國書

我以為要少——或者竟不——看中國書，多看外國書。

——《華蓋集・青年必讀書》，一九二五

・・・・

一九二五年，《京報副刊》徵求「青年必讀書目」，梁啟超、胡適等學者名流很快都開來長長的書單，一時成為盛事。

給人開書目，本來是很榮耀的事，清末封疆大吏張之洞的《書目答問》就是著例。但魯迅一貫反對學者名流做「負責指導青年的導師」，甚至勸年輕人不要相信「烏煙瘴氣的鳥導師」，至於大張旗鼓地開書目，勸青年人讀這讀那，把他們關進書房，與社會隔絕，更是魯迅竭力反對的，所以他很不情願參加這種書目競賽（但這並不妨礙他私下裡給朋友的孩子開書目）。無奈編輯再三催促，他只好答曰：「從來沒有留心過，所以現在說不出。」

如果到此為止，事情也就過去了，問題是《京報副刊》的問卷還有「附注」一欄，魯迅忍不住寫了以下幾段話，這才引起軒然大波：

「但我要趁這機會，略說自己的經驗，以供若干讀者的參考——

「我看中國書時，總覺得就沉靜下去，與實人生離開；讀外國書——但除了印度——時，往往就與人生接觸，想做點事。

「中國書雖有勸人入世的話，也多是僵屍的樂觀；外國書即使是頹唐和厭世的，但卻是活人的頹唐和厭世。

「我以為要少——或者竟不——看中國書，多看外國書。

「少看中國書，其結果不過不能作文而已。但現在的青年最要緊的是『行』，不是『言』。只要是活人，不能作文算什麼大不了的事。」

魯迅七歲入私塾，十八歲離開紹興去南京讀洋務學堂，整整十年時間，他讀完了中國正統教育要求學生閱讀的全部重要典籍，「我幾乎讀過十三經」。他還通過自修，對正統教育規定閱讀範圍之外的野史、筆記和通俗小說產生了濃厚興趣。這以後儘管主要閱讀西方著作，但仍然繼續研讀中國古書，經史子集無所不窺。在日本留學後期師從章太炎，更打下了紮實的「小學」基礎。回國後為了做小說史研究以及批判中國傳統文化，公餘以微薄收入更加辛勤地收羅和研究中國古書。蔡元培說魯迅治學，完全採用「清儒家法」，而魯迅的文學創作（尤其歷史小說和雜文）也同樣顯示了精深淹博的國學修養。長期沉浸其中，他對古書不免有特殊感情，在《小說舊聞抄．再版序言》中曾這樣描述收羅古書的情景：

「時方困瘁，無力買書，則假之中央圖書館，通俗圖書館，教育部圖書館等，廢寢輟食，銳意窮搜，時或得之，瞿然則喜，故凡採綴，雖無異書，然以得之之難也，頗亦珍惜。」

直到晚年他購置古書的興趣仍然不減，而且明確說過自己愛看線裝書，不喜歡洋服硬領的鉛印本。

儘管如此，魯迅對中國傳統文化仍然基本持否定態度，認為中國古書已經不適合現代社會，如果多讀，勢必叫年輕人沉浸到陳舊的傳統中，成為與現代社會格格不入的廢物。要脫離陳舊的中國傳統文化，必須少讀或乾脆不讀中國書，多讀外國書，但不包括印度宣傳出世的佛教典籍——他之所以敢批評佛典，也因為曾經下苦功廣泛購讀而深通佛經之故，據調查僅一九一四這一年，魯迅就曾購讀佛經八十餘部。

他用「外國書」和「中國書」這種全稱判斷，顯然不很嚴密，不是周詳嚴謹的學術探討，但他的意思很清楚，主要是不滿那股勸青年埋頭讀書的風氣。

魯迅是文學家，文學家主要是要表達感情，而道理就包含在感情中。要先懂得其感情，才理解其道理。把感情撇開，孤立地抓住道理不放，就不是對待文學家的適當辦法。不幸當時許多學者就專門從道理上與魯迅較真，他們指責魯迅：你讀了那麼多中國書，成為這麼有名的文學家，卻偏不讓別人讀中國書，這是什麼意思？

魯迅仍用文學家的方式予以回答：

「我向來是不喝酒的，數年之前，帶些自暴自棄的氣味地喝起酒來了，當時倒也覺得有點舒服。先是小喝，繼而大喝，可是酒量愈增，食量就下去了，我知道酒精已經害了腸胃。現在有時戒除，有時也還喝，正如還要翻翻中國書一樣。但是和青年人談起飲食來，我總說：你不要喝酒。聽的人雖然知道我曾經縱酒，而都明白我的意思。

「我即使自己出的是天然痘，絕不因此反對牛痘；即使開了棺材鋪，也不來謳歌瘟疫的。」（《集外集拾遺．就是這麼一個意思》，一九二五）

其實，中國古書如何是一個問題，而看與不看中國古書乃至一起的書，則是另一個問題。魯迅認為看書固然或者受害（與實際人生分離）或者有益（成為學者善於作文），但不看書也有不看書的好處：就是可以很少負擔地去「行」。

天下只知道書的好處，卻很少有人敢說書的壞處，然而〈傳道書〉早就有言：

「我兒，還有一層，你當受勸誡：著書多，沒有窮盡；讀書多，身體疲倦。」

歷史上都寫著中國的靈魂

歷史上都寫著中國的靈魂，指示著將來的命運，只因為塗飾太厚，廢話太多，所以很不容易察出底細來。

——《華蓋集．忽然想到（四）》，一九二五

．．．．

這句話包含著上下兩半，合而觀之，才能明白魯迅的原意。

否則，光看上半句，就會覺得魯迅是在讚揚一切的中國古書，尤其是歷史書，其實不然，他倒是正在批評中國的歷史著作。

而唯讀下半句，又會覺得魯迅是在主張燒盡一切拙劣的歷史教科書，其實又不然，因為凡是塗飾、廢話，也都可以算作歷史記載的一部分，借此知道歷史上那些喜歡塗飾和說廢話的人的居心，所以總起來，他還是認為「歷史上都寫著中國的靈魂」。

盡信書，不如無書，而束書不觀，就又什麼都不能知道了。後之視今，猶如今之視昔，現今許多準歷史著作的照例的塗飾和廢話，也一樣可以被後人看出「中國的靈魂」。

從〈毛詩大序〉到六個「敢」

世上如果還有真要活下去的人們，就先該敢說，敢笑，敢哭，敢怒，敢罵，敢打，在這可詛咒的地方擊退了可詛咒的時代！

——《華蓋集·忽然想到（五）》，一九二五

⋯⋯

從「說」到「笑」到「哭」，由「怒」至「罵」至「打」，層層推進，也真猶如漢代〈毛詩大序〉所謂：

「情動於中而形於言，言之不足，故嗟歎之，嗟歎之不足，故詠歌之，詠歌之不足，不知手之舞之，足之蹈之也！」

一般都說「五四」是中國文化的「斷裂」，其實大錯特錯。在全球現代化浪潮中，中國文化如果再不改變，就不僅要「斷裂」，還要滅亡了。正是「五四」諸公，看清了這一點，而痛加改革，使現代中國文化真的能夠與世界文化對話，而在這對話的語境中，後人也才沒有完全忘記中國的傳統文化，也才能夠和「五四」一樣可以心安理得地用新觀念新方法來整理傳統文化。傳統文化沒有完全斷裂，完全滅亡，應該感謝「五四」。蔡元培在給《中國新文學大系》作總序時，認為「五四」就是中國的一次「文藝復興」，並非隨便說說。

與其說魯迅是「五四」以後「激烈反傳統」的一個代表，不如說他是生在現代而竭力要恢復傳統的一個理想主義者。他當然並非不「反」傳統，不過他要「反」的，是後世中國文人儘量「不攖人心」（不敢挑動人的真實感情）的那個逐漸衰落的傳統，正如他所要「恢復」的，則是《詩經》乃至《詩經》以前那個「詩者，志之所之也。在心為志，發言為詩」的中國文學的正宗。

把這個正宗翻譯成現代白話，就是「敢說，敢笑，敢哭，敢怒，敢罵，敢打」。六個「敢」，比〈毛詩大序〉的「言」、「嗟歎」、「詠歌」、「舞」、「蹈」，多了一個動作！

由此可以想見激昂慷慨、鬚髮俱張的魯老夫子的形象了。

一、二、三

我只可以說出我為別人設計的話，就是：一要生存，二要溫飽，三要發展。有敢來阻礙這三事者，無論是誰，我們都反抗他，撲滅他！

——《華蓋集．北京通信》，一九二五

．．．．

看起來，這三個「人權」似乎是遞進關係，其實並不一定。

在高度發展的社會，也有人不得溫飽，生存受威脅。而在大多數人不得溫飽、生存受到威脅的極不發展的社會，少數個人的「發展」也可以達到令人瞠目結舌的地步。

「真的猛士」的文采

真的猛士，敢於直面慘澹的人生，敢於正視淋漓的鮮血。

——《華蓋集續編．紀念劉和珍君》，一九二六

．．．．

白話文作家，善用排比對偶，大概沒有人超過魯迅。「敢於直面慘澹的人生，敢於正視淋漓的鮮血」，只是魯迅的無數精彩動人的對偶排比的一例。

民國初年，章太炎的弟子進入北京學術界，他們大多秉承乃師學統，崇尚六朝文章而與崇尚唐宋古文的「桐城派」成對壘之勢。六朝文章多駢偶儷辭，錢玄同雖然痛罵「桐城謬種，選學妖孽」，實際上他和魯迅一樣，掊擊「桐城」是真，而批評崇尚六朝文的「選學」一派是假，——他們自己的文章就都雅好六朝駢儷，即使作白話文，也講究藻采和氣勢。白話文主要就通過他們而向古文繼承了一筆可貴的遺產。

周策縱《五四運動》有一條注釋云，「火燒趙家樓」那天，北京大學某男生一路狂呼口號，因過於激動，至於力竭仆地，當場不治。誰會懷疑這位男生的愛國熱情和面對「國賊」的義憤？如果授以魯迅那樣的文學天才，他將會寫出驚天動地的文字，也毋庸置疑。但他沒有寫，後人也無從知道他當時真實的感情和那個永遠值得紀念的歷史瞬間的精神氛圍。

「三一八」慘案以後，青年人當中不知道有沒有發生類似的不幸。有一點可以肯定，如果魯迅也像那個男生一樣無法節制自己的憤怒，身體即或不出事，文章一定寫不出來。

「四十多個青年的血，洋溢在我的周圍，使我艱於呼吸視聽，那裡還能有什麼言語？長歌當哭，是必須在痛定之後的。」

讀魯迅的書——哪怕是《紀念劉和珍君》這樣「出離憤怒」的文字——也要多注意他的排比和對偶。「五四」以降，「拋頭顱灑熱血」的「真的猛士」多矣，魯迅只有一個，因為他的文采是獨特的。

不憚以最壞的惡意來推測中國人

我向來是不憚以最壞的惡意，來推測中國人的，然而我還不料，也不信竟會下劣凶殘到這地步。

——《華蓋集續編．紀念劉和珍君》，一九二六

．．．．

這意思是說，中國人太壞了。怎麼壞？說不出，想不到！

革命先烈惲代英在一次講演中說，孔子是「勸」，耶穌是「罵」，共產黨人是「打」。勸人為善是不行的，罵人而促使他向善也很難，只有打將過去，才能改造世界。

把魯迅放進這不管是否準確的概括中，大概也只能屬於「罵」罷。

聽說有一個朋友，每次論到人性惡，總喜歡引用魯迅上面這句話，並且總不忘記加

以引申，從而發表自己的高見：

「要想知道人壞到什麼地步，請看中國人；要想知道中國人壞到什麼地步，請看做為中國人的我們自己！」

這種傷心悟道之言，大概也可以混進《魯迅全集》而難辨真偽了。但魯迅罵得其實並不怎麼過分，請看耶穌門徒保羅怎樣唾罵人類：

「裝滿了各樣不義、邪惡、貪婪、惡毒，滿心是嫉妒、凶殺、爭競、詭詐、毒恨；又是讒毀的、背後說人的、怨恨神的、侮慢人的、狂傲的、自誇的、捏造惡事的、違背父母的、無知的、背約的、無親情的、不憐憫人的。」（《羅馬書》1：29—31）

「沒有義人，連一個也沒有；沒有明白的，沒有尋求神的；都是偏離正路，一同變為無用；沒有行善的，連一個也沒有。他們的喉嚨是敞開的墳墓，他們用舌頭弄詭詐，嘴唇裡有虺蛇的毒氣；滿口是咒罵苦毒；殺人流血，他們的腳飛跑，所經過的

路，便行殘害暴虐的事。平安的路，他們未曾知道；他們眼中不怕神。」（《羅馬書》3：10—18）

對照這些惡性與惡行，倘能心中無愧，這人有福了。

「奴才的破壞」和「強盜的破壞」

我們中國人對於不是自己的東西，或者將不為自己所有的東西，總要破壞了才快活。

——《華蓋集續編．記談話》，一九二六

．．．．

剛開始在上海馬路邊上設立無人電話亭，據說就有一勇敢的民工，在光天化日、眾目睽睽之下，用了半個多鐘頭的時間，將電話機連同底座從容卸去（結果大概是送廢品收購站了），而竟無一人加以干涉，旁觀者甚至還有欣賞之意。

說者引為怪事，其實也不奇怪。一切公共設施的命運，天長日久，那人為的破壞，總不見得和破壞者有什麼深仇大恨，或者能給破壞者帶來什麼了不起的利益：大多只是為破壞而破壞，「為藝術而藝術」罷了。

魯迅在雜文中經常舉的例子，是萬里長城以及後來終於倒掉的杭州雷峰塔的磚，附近居民你取一塊，我拿一點，魯迅認為，這是典型的「奴才的破壞」。

但還有一種「強盜的破壞」，魯迅談論最多的例子，是「農民起義軍領袖」張獻忠在四川瀕臨失敗之際瘋狂殺人。張獻忠先殺忠於明朝的遺民，後殺和自己作對的人，再殺並無什麼政治立場的百姓，最後甚至用一部分自己的兵去殺另一部分自己的兵。他的理由是：反正鬥不過滿人，他們一來，這些都不屬於我姓張的了，不如先殺淨了，給勝利者一塊光禿禿的白地！

記錄張獻忠暴行的《蜀碧》一書，魯迅幾乎從少年到老年，讀了一輩子，也傷心、氣憤了一輩子。他對那種變態的破壞欲和毀滅欲，實在知之甚深。

無聲的中國

人是有的，沒有聲音，寂寞得很……青年們先可以將中國變成一個有聲的中國。大膽地說話，勇敢地進行，忘掉了一切利害，推開了古人，將自己的真心的話發表出來……只有真的聲音，才能感動中國的人和世界的人；必須有了真的聲音，才能和世界的人同在世界上生活。

——《三閒集．無聲的中國》，一九二七

．．．．

這裡的「聲音」，特指「寫字作文」。

魯迅的原意，是說漢字太難學，幾千年來只有少數中國人壟斷讀書識字作文章的權利，話都被他們說盡了，而他們往往頭腦又有問題，不肯或者不能好好說話，寫了文章，有時還不如不寫，而廣大的人民都是文盲，沒有能力和權利作文章，發表自己的看法，因此整個看來，中國人確實被漢字害苦了，舉國上下都說不出話（寫不通文章），發不出聲音（不能發表自己的主張）。

在這意義上，他才杜撰了「無聲的中國」這個驚世駭俗的概念。其實，用「聲音」指代一個人的寫字、作文、說話，本是常有的事。比如一個作家或一個普通人沉默下來，不發表作品，或者不和別人聯繫，人們就會問：怎麼某某最近「沒有聲音」了？一個人如果不以言論影響社會，就可以說此人沒有聲音、「無聲無息」了。

在漢語中，聲音不僅代表一個人寫字、作文章、發表言論，還整個代表其人的生命存在。在別的語言裡，情形肯定也一樣。試想沒有文字的時候，大家茹毛飲血，巢居穴處，除了口腔發出的聲音，怎能相互知曉彼此的存在？

語言的意義，最初依賴聲音。一個字的意思首先包含在聲音中，《聖經》上說世上一切聲音都有它的意思，那麼從人口中發出的聲音當然都有更加確定的意思。字被造出來，就為了記錄人類那些複雜的包含著情感意義的聲音。清代「小學」大師高郵王念孫之所以有名，一個很重要的原因，就是從他開始，訓詁之學（古代學者辨認古書字義的學問）離開了字的形體，而轉向字的發聲，用王念孫的話說，就是「訓詁之旨，本於聲音」，「就古音以求古義，引申觸類，不限形體」。

「字」的本質在於「義」，「義」的載體在於「音」，邏輯的遞進關係，是從「義」到「音」到「字」。心中有話要吐（義），故而發聲（音），聲音限於耳聞，不能行遠，又易混淆，故而用「字」來記錄和區別。義、聲、字三者一體，提出一個，等於兼及其餘。

因此，「無聲的中國」，也就是「無字的中國」（漢字太難，對大多數中國人來說等於沒有）、「無義的中國」（意思是有，但發表不出來，等於沒有）。

「仇貓」的三個理由

它不是和獅虎同族的麼？可是有這麼一副媚態！但這也許限於天分之故罷，假使它的身材比現在大十倍，那就真不知道它所取的是怎麼一種態度……

——《朝花夕拾．〈狗．貓．鼠〉》，一九二六

．．．．

現在有產和有閒階級大多愛貓，養為寵物，於是豪華的社區或別墅裡，就有了「一道亮麗的風景」。

孩子們也愛貓，這大概可以證明貓確實具有純潔可愛、柔順忠誠之類的好品性。

許多現代文人都寫過愛貓的文章，當代作家如冰心、夏衍、王蒙等也都非常喜歡貓，在他們的隨筆散文甚至小說裡面，貓的位置實在不低。

「仇貓」如魯迅者卻很少，也許「絕無僅有」吧。

他為什麼不喜歡貓？理由有三：

「一，它的性情就和別的猛獸不同，凡捕捉雀鼠，總不肯一口咬死，定要盡情玩弄，放走，又捉住，捉住，又放走，直待自己玩厭了，這才吃下去，頗與人們的幸災樂禍，慢慢地折磨弱者的壞脾氣相同。二，它不是和獅虎同族的麼？可是有這麼一副媚態！但這也許限於天分之故罷，假使它的身材比現在大十倍，那就真不知道它所取的是怎麼一種態度……要說得可靠一點，或者倒不如說不過因為它們配合時候的嚎叫，手續竟有這麼繁重，鬧得人心煩，尤其是夜間要看書，睡覺的時候。當這些時候，我便用長竹竿去攻擊它們……」

這理由是否「充足」？貓抓住獵物，慢慢吃掉，是否出於無聊惡毒的「折磨弱者的壞脾氣」，不得而知，這和第二條理由，即雖然忝為獅虎同族卻媚態可掬，或許都是魯迅將他對一部分文人的憎惡之情投射到貓身上，拿貓說事？

但第三條理由很靠得住。貓在交配時鍥而不捨的嚎叫，只管自己爽，卻忘記了人畜和平共處在同一個地球上，忘記了這樣一來會嚴重影響了人類可憐的休息（許多人有失眠症），即使用長竹竿加以攻擊，令其稍安毋躁，講點文明，也不算過分。當然油菜花開時節，這種叫聲對人類也並非完全沒有危險性，儘管和「嫉妒心」無關，但容易令人想起可嫉妒的事情，到底也不大可愛。

婚禮無非性交的廣告

現在是粗俗了，在路上遇見人類的迎娶儀仗，也不過當作性交的廣告看，不甚留心。

——《朝花夕拾．〈狗．貓．鼠〉》，一九二六

．．．．

魯迅一生講了許多煞風景的話，這也許是其中最「殺根」的之一。

另一句出自《野草．立論》，說一戶人家剛生了個男孩，許多人跑去慶賀，各自說了祝福恭喜的話。最後一位客人卻說：「這孩子將來是要死的。」

結婚儀式背後隱含著新人即將性交的資訊，孩子長大總要遵循生老病死的自然規律，這都說出了真理，但都不是時候，不對場合，正常的神經都消受不起。但人類別的都還可以管住，而要管住野馬塵埃般異常活躍的犯罪的心思，極其困難。魯迅的這兩句名言，稍具智商的人都會想到的，只是不敢說出來罷了。

久而久之，誰都不說，也就漸漸忘記，漸漸變得真不會說了，於是這一類話就不僅成了出格的怪話，也成了特別機警而智慧的言語。

人類在各種禁忌中慢慢把自己弄傻掉，偶爾來一段「粗口」，往往具有一種醫治癡呆的效果。

所以，人總喜歡聽怪話，——只要不是針對他自己。

《紅樓夢》的五種讀法

《紅樓夢》是中國許多人所知道，至少，是知道這名目的書。誰是作者和續者姑且勿論，單是命意，就因讀者的眼光而有種種：經學家看見《易》，道學家看見淫，才子看見纏綿，革命家看見排滿，流言家看見宮闈祕事——

——《集外集拾遺補編．《絳洞花主》小引》，一九二七

．．．．

後來的事實證明，經學家不僅看見《周易》，還看見佛經、道德經、南華經，才子不僅看見纏綿，還看見文采辭章，革命家不僅看見排滿，還看見階級鬥爭——毛澤東就把王熙鳳的名言「不是東風壓倒西風，就是西風壓倒東風」直接解釋為一個階級戰勝另一個階級，而專門探索宮闈祕事的前「反思文學」作家劉心武，至今仍然占據著中央電視臺的「百家講壇」，只是時代變了，沒人敢說他是流言家。

經常有人用魯迅這句話做「接受美學」的例子。誠然。但魯迅看到什麼呢？

「在我的眼下的寶玉，卻看見他看見許多死亡，證成多所愛者，當大苦惱，因為世上，不幸人多。」

這樣的「看見」屬於哪一「家」？

小乘與大乘

我對於佛教先有一種偏見，以為艱苦的小乘教倒是佛教，待到飲酒食肉的闊人富翁，只要吃一餐素，便可以稱為居士，算作信徒，雖然美其名曰大乘，流播也更廣遠，然而這教卻因為容易信仰，因而變得浮滑，或者竟等於零了。

——《集外集拾遺補編．慶祝滬寧克復的那一邊》，一九二七

．．．．

辛亥革命後不久，魯迅應蔡元培邀請，進入當時北洋政府教育部工作，從一九一二年到一九二六年，在北京住了十五年。北京生活初期，一度對佛學產生興趣，大量購讀佛經，進步神速，私下裡曾對朋友說，佛子真是偉大，自己平時苦思冥想不得其解的問題，到釋迦牟尼那裡都得到了解釋。他研讀佛經，雖與信仰無關，卻也是真心佩服的。

不知何時開始，他就放棄了，晚年甚至還批評過章太炎「以佛法救中國的思想」。

一九二七年任安徽大學校長，因頂撞蔣介石而被當場拘押的劉文典，一九四九年曾在雲南大學發表《關於魯迅》的講演，說了魯迅許多不足，包括「魯迅不懂佛學，更不懂印度學術，所以他把中國小說源流並說不清楚」，一時招致許多人的嚴厲批評。其實僅就佛學與小說史來說，劉文典也有一定道理。另外魯迅寫《故事新編》，把儒家、道家、墨家代表人物都說了一遍，唯佛闕如，這固然因為《故事新編》時間上止於先秦，佛教漢末才傳入中土，不寫也可。但《故事新編》既然意在挖掘中國思想舊根，佛教與中國思想之關係又如此緊密，寫一寫佛教子弟，也是題中應有之義。

這兩件事情說明，魯迅雖然一度對佛教有興趣，但很快就淡了，所以也就沒有什麼專門研究。但這並不妨礙他在文章中偶爾稱引佛經和佛教故事，不過這就好像他稱引中國古代其他思想流派一樣，只是一般援引，並不當真理照搬。

一九二七年他在廣州發表〈慶祝滬寧克復的那一邊〉，可謂比較集中地談論佛教，卻申明是在講「一種偏見」，而且目的並不是談佛教，乃在「革命」。他是借談佛教來警告當時在「革命策源地」的廣州，一些人因為革命高漲，混進來冒充革命，將來一定會成為革命的禍患。

佛學本是出世的，魯迅卻借來談論「革命」這種非常入世的事，他的思想與曾經佩服過的釋迦牟尼之遠，也就可想而知。

魯迅有些朋友和學生如林語堂、徐梵澄等喜歡把魯迅比喻成覺世救人的佛子，這樣讚頌魯迅的善心，也許並不錯，卻並無多少學理上的根據。

今日就是「大時代」

在我自己，覺得中國現在是一個進向大時代的時代。但這所謂大，並不一定指可以由此得生，而也可以由此得死……不是生，就是死。這才是大時代。

——〈而已集．《塵影》題辭〉，一九二七

．．．．

一九二七年十二月二十七日，魯迅在給一個年輕作者的長篇小說寫「題辭」時，用激動的口吻說：

「在我自己，覺得中國現在是一個進向大時代的時代。但這所謂大，並不一定指可以由此得生，而也可以由此得死……不是生，就是死。這才是大時代。」

那時他剛剛逃離廣州，目睹了許多死亡的故事，思想的消沉絕望幾乎達到極致，但畢竟已經存身上海租界，可以稍微喘息一下，計畫未來的生活了，新的希望在絕望的頂點悄悄萌生。這就好像海德格爾最喜歡的一首里爾克的詩：

那裡有深淵，
拯救的希望就在那裡產生。
（轉引自海德格爾《追問技術》）

實際上，魯迅很少對自己的時代提出概括性的說法，這可能是唯一的例外，因為他確實和許多人一起經歷了生死的關口。在這樣的關口，無論民族國家還是男女個人的命運，都看不清楚，似乎是死，實際上卻是生；似乎是生，可能正是死亡的徵兆。時代的力量在這個時候顯得比任何時候都偉大，個人在這個時候比任何時候都顯得渺小。

每當一個民族面臨這種生死關口，總有重要人物站出來向眾人明白曉諭，比如以色列民族的先知摩西就曾經這樣嚴重地告誡他的族人：

「我今日呼天搶地向你作見證，我將生死、禍福陳明在你面前，所以你要揀選生命，使你和你的後裔都得存活」（《舊約聖經．申命記》30：19）

對於時代的這種先知式的曉諭，當然不是任何人都可以作出，否則就太不容易。莎士比亞借哈姆雷特之口說：「生，還是死，這是一個問題」，不就是摩西的「呼天搶地」的告誡的回音嗎？他們都沒有片面就時代論時代，都不把對時代的宏觀概括與個人生死抉擇分開。

托爾斯泰便很感冒有人動輒對時代概乎言之，在長篇小說《戰爭與和平》中，有個無聊的下層軍官開口閉口「我們的時代」如何如何，托翁就不動聲色地發出嘲笑，說正像一切心胸狹窄目光短淺的人一樣，此君為了顯示自己有登高望遠之力，就一個勁地在眾人面前發表有關時代的宏觀看法。輕率概括時代的人，似乎夠偉大，其實真的心胸狹窄，目光短淺，因為就在他們氣壯山河地命名時代的時候，個人的生死問題就忘得一乾二淨了。

喜歡以時代的代言人自居的假先知們，能不慎之？

不幸這樣的假設太多。倘若相信他們，「時代」就是一日百變的可怕的怪物了。拂曉是「後現代」，清晨就變成「全球化時代」；早上是「傳媒時代」，上午就變成「讀圖時代」；中午是「網路時代」，午後就變成「大眾娛樂時代」；傍晚是「資訊危機時代」，黃昏就變成「全民炒股時代」；晚上是「女權主義時代」，夜深又變成「大國崛起時代」，而一交子夜，新的輪回又將開始，不愁沒有更新的招牌出來。

更不幸，魯迅這句名言也常常被利用來做為假先知們輕率命名時代的前例。他們忘記了，魯迅還有一個條件狀語「在我自己」，更忘記了「不是生，就是死」才是賓語「大時代」的主語從句。魯迅所謂「大時代」，是基於個人的生死體驗而投射個人對時代的感受。將個人的生與死拋在腦後，妄談「時代」，這除了瞎起鬨，欺騙別人，嚇唬自己，還有什麼意義呢？

「不是生，就是死。這才是大時代。」但一個活人哪天沒有生死問題？所以「在我自己」，可以不必理睬假先知們怎麼叫囂，而應當曉得天天都是「大時代」。今天就是！所以「總要趁著還有今日——」（《希伯來書》3：13）

煮自己的肉

對於敵人，解剖，咬嚼，現在是在所不免的，不過有一本解剖學，有一本烹飪法，依法辦理，則構造味道，總還可以較為清楚，有味。人往往以神話中的Prometheus比革命者，以為竊火給人，雖遭天帝之虐待不悔，其博大堅忍正相同。但我從別國裡竊得火來，本意卻在煮自己的肉的，以為倘能味道較好，庶幾在咬嚼者那一面也得到較多的好處，我也不枉費了身軀：出發點全是個人主義，並且還夾雜著小市民性的奢華，以及慢慢地摸出解剖刀來，反而刺進解剖者的心臟裡去的「報復」。

——《二心集·「硬譯」與「文學的階級性」》，一九三〇

‥‥

魯迅文章，有時也實在曲折，比如這裡所謂「敵人」，其實是自稱，因為他知道在許多人眼裡，他就是「解剖，咬嚼」的物件。「解剖者」、「咬嚼者」，指的是

一九二八年「創造社」那班以並不成熟的「唯物史觀」批評魯迅的人。「不枉費了身軀」、「煮自己的肉」，乃是指通過新興文藝理論的翻譯（「從別國裡盜得火來」）主動向批評者提供一套更佳的「解剖學」和「烹飪法」，好讓他們「較為清楚」地知道自己的「味道」。魯迅自信這樣瞭解的「味道」將不同於「咬嚼者」們先前的印象，而這對於他們來說，就算是「反而刺進解剖者的心臟裡去的『報復』」了。

「煮自己的肉」，把自己拿到「唯物史觀」的火焰上去燒烤，對魯迅來說，除了叫批判者們更好地看清自己之外，也有自我認識的目的。一九三〇年代初魯迅講這一番話，也有意向年輕的批判者們表明心跡，借用他們對自己的重新認識，來確證自己。這和《野草》時期孤魂野鬼式的「抉心自食」有所不同，所以說「出發點全是個人主義」並不全對。因為有這種糾葛，話才說得隱晦，但「自齧其身」之後又捨出身去供他人咬嚼，還是非常顯豁的一種思想變化的線索。

這段話，另一個重要之點，是闡明「翻譯」對於現代中國的意義。

從〈文化偏至論〉、〈摩羅詩力說〉和〈破惡聲論〉時期開始，魯迅就主張，翻譯，把公認為先進的西方或別國文化介紹到中國來，最忌諱的是那些「志士」、「英雄」、「輇才小慧之徒」藉西方或別國權威來樹立自己，嚇唬本國的落後者。二〇年代末，他仍然堅持這個觀點，認為新文學運動中就有很多人拿西方和別國的權威到中國來橫衝直撞：

> 「梁實秋有一個白壁德，徐志摩有一個泰戈爾，胡適之有一個杜威，——是的，徐志摩還有一個曼殊斐兒，他到她墳上去哭過，——創造社有革命文學，時行的文學。」（《三閒集‧現今的新文學的概觀》，一九二九）

這些紳士和正人君子向中國輸入西方文化，目的是為自己找靠山，表現出典型的世紀末精神狀態，如溺水者拼命抓攫什麼，不論是稻草還是爛木頭：仍然是為自己著想。更糟糕的是，他們把某人介紹進來，儼然就是這個人在中國的代表。魯迅在早期論文中就稱這些文化介紹者是「各提所學以干世」，迎合世俗，自身反而不出現，「兜牟深隱其面」。《野草‧這樣的戰士》描寫「戰士」拿投槍去擲敵人，那些敵人都各有厚厚的面具，身體不知道藏到哪裡去了，戰士所遭遇的乃是「無物之陣」。

和這種翻譯、學習與論戰的態度針鋒相對，魯迅主張知識分子給中國人介紹西方和別國文化，應該先藉以「煮自己的肉」，讓別人和自己一同看看自己到底是什麼貨色。否則，翻譯和介紹，就成了一部分人隱藏自己、美化自己的工具，對於中國，有害而無益。

中國向西方和別國學習，目的是要得到「自覺」，這是他「立人」思想的要義。他反對實用主義地拿別人的東西來用，主張通過瞭解別人而引起自己的覺醒。

這個過程，魯迅用身體的話語高度概括為「煮自己的肉」。

極左傾的凶惡的面貌

擺著一種極左傾的凶惡的面貌，好似革命一到，一切非革命者就都得死，令人對革命只抱著恐怖。其實革命是並非教人死而是教人活的。

——《二心集．上海文藝之一瞥》，一九三一

．．．．

三〇年代中期，清華大學學生李長之在報紙上接連發表長篇大論研究魯迅，這些文章不久即以《魯迅批判》為名結集出版，是中國現代第一本系統談論魯迅的專著，至今還有一定的影響。李長之的中心觀點是魯迅的全部思想都可歸結為「人首先必須活著」，不管魯迅怎麼橫說豎說，這都是他的出發點和歸結點。

換言之，魯迅的思想和創作，目的乃是為中國人爭取基本生存權，「是並非教人死而是教人活的」，這就跟某些「極左傾」的人的想法不一樣了，所以這些「極左傾」的

人攻擊魯迅是「二重的反革命」（郭沫若語），也就毫不足怪。

凡是出於人的思想學說，如果平白無故叫人死，而非叫人活，不管它多麼正確，多麼先進，多麼「革命」，也都是極其荒謬的。不幸歷史上這樣荒謬的思想戲劇曾經一演再演，而許多思想樸素心地善良的人，正是在這樣的思想戲劇中，被歪曲，被攻擊。魯迅只是一個例子而已。

精神上的流氓

無論古今，凡是沒有一定的理論，或主張的變化並無線索可尋，而隨時拿了各種各派的理論來作武器的人，都可以稱之為流氓。

——《二心集·上海文藝之一瞥》，一九三一

‧‧‧‧

郭沫若等「創造社」諸君子被魯迅罵作「才子＋流氓」，這段現代文壇有名的公案似乎到現在也還沒有算清楚。拋開具體人事，魯迅不過描述了一種普遍的歷史現象，他所針對的其實就是一九〇七年就曾經批評過的那些心無「特操」而隨時變化主張的「志士英雄」，包括古今中外所有同一類型的知識分子。

但魯迅並不是反對一切「主張的變化」，他自己的主張的變化就很大，前期歡迎國民黨的革命，後期傾向共產黨，先後變化不可謂不大。他所反對的，只不過是「無線索

可尋」的任意變化主張，並任意拿了流行的理論來打擊別人，這些人首先在精神上失去根據，其次才表現在行為上沒有「特操」，就像無家可歸的流氓一樣，隨波逐流，沒有定準。所以「流氓」是一種道德批評，但首先也是一種生存狀態的描述。

魯迅的話也有被任意「借用」的危險。比如，明明知道別人的變化有線索可尋，卻故意抹殺這線索，而僅僅抓住別人的主張的變化做文章，甚至汙蔑別人為「流氓」。這樣的批評者本身就中了「才子＋流氓」的毒。

中國近現代文壇，梁啟超的「善變」是出了名的，所謂「不憚以今日之我與昔日之我挑戰」更成了一句名言，他也因此招來許多貶損，但這畢竟只是白璧微瑕，梁的貢獻無論誰也無法抹殺。他的朋友孫寶煊的《忘山廬日記》有一句話，最稱知音，可以做為魯迅的警句的補充：

「蓋天下有反覆之小人，亦有反覆之君子。人但知不反覆不足以為小人，庸知不反覆亦不足以為君子。蓋小人之反覆也，因風氣勢利之所歸，以為變動；君子之反覆也，因學識之層累疊進，以為變動。其反覆同，其所以為反覆者不同。」

鄭振鐸的〈梁任公先生〉雖然有名，卻也不過重複了孫氏的意見：

「然而我們當明白他，他之所以『屢變』者，無不有他最強固的理由，最透徹的見解，最不得已的苦衷。他如頑執不變，便早已落伍了，退化了，與一切的遺老遺少同科了；他如不變，則他對於中國的供獻與勞績也許要等於零了。他的最偉大處，最足以表示他的光明磊落的人格處便是他的『善變』，他的『屢變』。」

幫忙、幫閒和扯淡

現在作文章的人們幾乎都是幫閒幫忙的人物。

——《集外集拾遺．幫忙文學與幫閒文學》，一九三二

．．．．

魯迅向來被尊為現代中國文壇的保護人，但他的保護，實在是先從批判開始，並非不顧是非的呵護。

比如他從歷史的經驗出發，就把現代文人劃分為「幫忙」和「幫閒」兩類：

「現在作文章的人們幾乎都是幫閒幫忙的人物。有人說文學家是很高尚的，我卻不相信與吃飯問題無關，不過我又以為文學與吃飯問題有關也不打緊，只要能比較的不幫忙不幫閒就好。」

所謂幫忙，是指過去的統治者在開國之初豢養文人，替他們頌揚功德，教化天下，這樣的幫忙，往往就是幫凶。所謂幫閒，是指統治者坐穩了江山，也照樣豢養文人，在消閒享受時，可以陪他們玩耍湊趣。

魯迅立論的基礎，是在於揭示過去文人生存與創作對政治的依附關係。

有人說，這是魯迅對中國文學和文人的惡毒的貶辭，魯迅卻認為這是對中國文學和文人的一個很大的肯定，即肯定他們有文采，——還有「幫忙」或「幫閒」的本領：

> 「《詩經》是後來的一部經，但春秋時代，其中的有幾篇就用之於侑酒；屈原是『楚辭』的開山老祖，而他的《離騷》，卻只是不得幫忙的不平。到得宋玉，就現在的作品看來，他已經毫無不平，是一位純粹的清客了。然而《詩經》是經，也是偉大的文學作品；屈原宋玉，在文學史上還是重要的作家。為什麼呢？——就因為他究竟有文采。」（《且介亭雜文二集．從幫忙到扯淡》，一九三五）

承認文人的政治依附性，並不等於否定他們的文學；而肯定文人的文學，並不等於贊同他們的依附於政治。這是魯迅的文學史觀念的一大關鍵。如果失去了文學的價值，有幫忙和幫閒之志，而無幫忙和幫閒之才，變成為幫忙而幫忙，為幫閒而幫閒，瞎幫一氣，那就只是「扯淡」了：

「幫閒的盛世是幫忙，到末代就只剩下了這扯淡。」（同上）

認真說起來，魯迅對中國文學和中國文人真正的「貶辭」，只在「扯淡」二字。

娘兒們也不行

現在世界的糟，不在於統治者是男子，而在這男子在女人的地統治。以妾婦之道治天下，天下那得不糟！

——《且介亭雜文補編．娘兒們也不行》，一九三三

．．．．

自從「女權主義者」漫天塞地而來，文人作文，政客演說，都得格外小心，否則惹怒了號稱替女性說話的或男或女的「主義者」們，就將大禍臨頭。

站在女權主義者的立場，魯迅這句話肯定已經反動之極：不僅說「娘兒們也不行」，就是男人，如果立身行事的方式近於女性，也跟著不行：這豈不是欺人（女）太甚！厲害一點的，或許要宣布魯迅為「厭女症患者」（misogynist）了。

但翻開《魯迅全集》，他為女性說話的地方，其實很多。單就小說而論，〈明

天〉、〈藥〉、〈祝福〉、〈離婚〉、〈傷逝〉等便都是的，而〈補天〉中的那個創造之母「女媧」，比郭沫若等人向但丁、歌德學習而崇拜追慕的貝爾德麗采或「永恆之女神」還要高貴而莊嚴。即使尖酸刻薄的雜文，也有〈娜拉走後怎樣〉、〈紀念劉和珍君〉、〈男人的進化〉、〈女人未必多說謊〉、〈關於女人〉、〈上海的少女〉、〈關於婦女解放〉、〈論秦理齋夫人事〉、〈論「人言可畏」〉、〈女吊〉等多篇專門為女性說話的。

但女人身上如果真有缺點，怎麼辦？和對於有缺點的男性一樣，魯迅也毫不猶豫地批評了女人身上的具體的缺點。而且，在《魯迅全集》中，批評女性的雜文還不在少數，比如〈寡婦主義〉、〈瑣記〉、〈「以腳報國」〉、〈新的「女將」〉、〈阿金〉等。小說裡頭，吳媽等「未莊的女人們」並不美好，〈理水〉中咒罵丈夫的禹的太太恐怕是野蠻女友的前身，不願每天吃「烏鴉的炸醬麵」而將仙藥吃了自己飛上月球的嫦娥很自私，一句話要了可憐的伯夷、叔齊老命的阿金，則是舌底傷人的流言家的代表。

聖保羅因為女人墮落在前，制定「敬拜的秩序」時，曾禁止女人在教堂裡搶在男子之前說話。他另外還說了一些似乎對女子不利的話，後來果然飽受攻擊，——儘管他同時也歌頌了女性，並且教訓天下的丈夫都必須敬重愛惜自己的妻子。魯迅批評女性，比如攻擊那個揚言「弗軋姘頭，到上海來做啥呢」的善於吵鬧的對面人家的女傭阿金，就並未援聖保羅的前例，而是因為她的所作所為，改變了魯迅向來以為壞事都歸男人而與女性無關的信念，於是不免有些怨言罷了：

「想到『阿金』這兩個字就討厭；在鄰近鬧嚷一下當然不會成這麼深仇重怨，我的討厭她是因為不消幾日，她就動搖了我三十年來的信念和主張。

「我一向不相信昭君出塞會安漢，木蘭從軍就可以保隋；也不信妲己亡殷，西施沼吳，楊妃亂唐的那些古老話。我以為在男權社會裡，女人是絕不會有這種大力量的，興亡的責任，都應該男的負……殊不料現在阿金卻以一個貌不出眾，才不驚人的娘姨，不用一個月，就在我眼前攪亂了四分之一里，假使她是一個女王，或者是皇后，皇太后，那麼，其影響也就可以推見了：足夠鬧出大大的亂子來。」

但他最後還是補充了一句「明哲保身」的話：

「願阿金也不能算是中國女性的標本。」（《且介亭雜文・阿金》）

我們要覺悟著被描寫

我們要覺悟著被描寫，還要覺悟著被描寫的光榮還要多起來，還要覺悟著將來會有人以有這樣的事為有趣。

——《花邊文學．未來的光榮》，一九三四

……

一九三〇年代的上海電影是好萊塢的天下，據魯迅觀察，觀眾口味雖雜，倒也容易滿足：

「偵探片子演厭了，愛情片子爛熟了，戰爭片子看膩了，滑稽片子無聊了，於是乎有《人猿泰山》，有《獸林怪人》，有《非洲探險》等等……」

魯迅接著預言，以後登場的將是華人，因為在洋作家的路單上或洋導演的鏡頭前，非洲之後就是中國、南洋、南美。他於是發出上面這句咬牙切齒的警告。

強烈的危機意識濃縮在「被描寫」三字中。

「描寫」，通常是文字上的勾當，尤指敘事類文學作品的技法，此處卻超出文字和文學的範圍，不僅涉及電影，還關係到「我們」（中國人）在電影或其他文化領域某種根本的悲劇性遭遇。

〈未來的光榮〉脫稿九個月後，《譯文》月刊發表魯迅從日文轉譯的法國作家紀德一則題為〈描寫自己〉的小品，其中有言：

> 「沒有比孤獨更好的了。我最不願意拿出去的是『我的意見』。一發議論，我在得勝之前，就完全不行……但我獨自對著白紙的時候，就拿回了自己。所以我所挑選的，是與其言語，不如文章，與其新聞雜誌，不如單行本，與其投時好的東西，不如藝術品。」

紀德強調公共話語對私人話語的侵害，和魯迅——比如在《野草・題辭》、〈無花的薔薇〉、〈憶韋素園君〉等文中反復訴說的文人易被歪曲而沉默與孤獨最為可貴——不是很相近嗎？看來魯迅翻譯這則小品並非無故，譯文題目中同樣被放大原意的「描寫」，和〈未來的光榮〉的用法也很相似。

馬克思在《路易・波拿巴的霧月十八日》中論述復辟時代法國農民的「政治影響」，認為那時的農民過於分散，缺乏技能、財富和社會交往，更未建立全國性聯繫，不懂得如何提出本階級利益要求：

「他們不能代表他們自己，一定要別人來代表他們。他們的代表一定要同時是他們的主宰，是高高站在他們上面的權威。」

關鍵已經不在於一方由另一方「代表」，而在於當一方「代表」另一方時，代表者成了被代表者的「主宰」，「高高站在他們上面的權威」。透過當時法國政治中代表和被代表的不平等現象，馬克思揭露了米歇爾・傅柯所說的話語／權利關係。代表者是主宰，他們向被代表者頒布話語，就像「從上面賜給他們雨水和陽光」，一定要收取被代表者雙手獻出的權利。被代表者起初對代表者也許感到陌生、隔膜，但代表資格一經確立，被代表者也會漸漸轉變態度，甚至以「被代表」為自我存在須臾不可或缺的確證，卻忘記了在這過程中，他們已經被話語頒布者剝奪了權利，掩蓋了真實的境遇。

「代表」（represent）和「被代表」（be represented），也就是「描寫」與「被描寫」。若想取得「代表」別人的資格，也必須首先完成對別人的存在的權威性描寫。英文represent正好兼有「代表」和「描寫」二義。

「他們不能代表他們自己，一定要別人來代表他們」，愛德華．W．薩義德（E. W. Said）把這句話抄在他的《東方主義》的扉頁上，藉以概括他所研究的東方／西方不平等的話語／權利關係。薩義德並非純粹地「借用」，馬克思確實多次論到東方／西方的不平等關係，只是沒有表述為「代表」與「被代表」。關於這個問題，薩氏一九九四年出版的講演集《知識分子的申述》（Representations of the Intellectual）還有更充分直接的闡述。這本小冊子反復討論的包含多重含義的概念「Representation」，詞根就是「present」（描寫）。

無論傅柯或薩義德所講都不是什麼新發現，馬克思在一百多年前，紀德在九十多年前，魯迅在六十多年前，都已經注意到了。

批評・罵・捧

其實所謂捧與罵者，不過是將稱讚與攻擊，換了兩個不好看的字眼。指英雄為英雄，說娼婦是娼婦，表面上雖像是捧與罵，實則說得剛剛合式，不能責備批評家的。批評家的錯處，是在亂罵與亂捧，例如說英雄是娼婦，舉娼婦為英雄。

——《花邊文學・罵殺與捧殺》，一九三四

⋯⋯

對文學創作乃至一些現象進行「批評」，有兩種通俗的說法：「罵」和「捧」。這兩種說法並不「科學」，卻流行久遠，因為確實也道出了批評的主要內容，就是好處說好，壞處說壞。但好處說好何以成了「捧」？壞處說壞何以成了「罵」？

很簡單，你覺得「好」，別人可能覺得「壞」。你直說所看到的「好」，固然天經地義，但在別人看來，可能恰恰是指鹿為馬，變醜為美，認壞為好，你的「好處說好」

豈不就成了「捧」，豈不就要引來別人的「罵」？

同樣，你覺得「壞」，別人可能覺得「好」。你直說所看到的「壞」，固然天經地義，但換個角度，轉變一下立場，又會成為指鹿為馬，變美為醜，認好做壞，你的「壞處說壞」也就成了「罵」，豈不要引來別人對你的「罵」的「罵」？而這也就是對你所罵者的「捧」。

人而非神，各自只能看到局部，不可能像劉勰期望的那樣「博觀圓照」。真有全域在胸的批評，當然應取消一切「罵」與「捧」。可惜沒有，所以在批評領域，還得由「罵」與「捧」來當家：

「文藝必須有批評，批評如果不對了，就得用批評來抗爭，這才能夠使文藝和批評一同前進，如果一律掩住嘴，算是文壇已經乾淨，那所得的結果倒是要相反的。」

（《花邊文學．看書瑣記（三）》，一九三四）

對文學批評可有更高的要求？沒有。否則反而不正常，因為那勢必要批評者站在無偏無倚的絕對真理的立場抹殺一切「罵」與「捧」：

「漫罵固然冤屈了許多好人，但含含糊糊的撲滅『漫罵』，卻包庇了一切壞種。」（《花邊文學．漫罵》，一九三四）

我們確實已經習慣於期待一種超越批評家局限、取消批評家個性的批評，跟在不偏不倚的權威後面，對正常的「罵」與「捧」深惡而痛絕之。殊不知，抹殺真誠的「罵」與「捧」，必然會製造虛假、虛偽的空氣。大家都不說真話，害怕亮出自己的偏見，一味追求全面、通達、穩重、圓融、保險、漂亮。說了一大堆，等於什麼也沒說；寫了一大篇，最後等於交出一張白紙。在這種風氣中，有誰說話不全面、不通達、不穩重、不圓融、不保險、不漂亮，就很容易被誣為「罵」和「捧」。大家都對「罵」和「捧」敬而遠之，也就只能任憑一大堆毫不費力的全面、通達、穩重、圓融、保險、漂亮的廢話充斥文壇。

京派與海派

北京是明清的帝都，上海乃各國之租界，帝都多官，租界多商，所以文人之在京者近官，沒海者近商，近官者在使官得名，近商者在使商獲利，而自己也賴以糊口。要而言之，不過「京派」是官的幫閒，「海派」則是商的幫忙而已。

——《花邊文學．「京派」與「海派」》，一九三四

．．．．

這是魯迅三〇年代中期對北京和上海兩地文人的缺點的概評。因為是概評，故不一定準確。魯迅自己後來就糾正說，交通發達，「京派」和「海派」已經不再涇渭分明，二者很容易就「合流」，因此北京也有商的幫忙，上海也有官的幫閒。

這一「酷評」是否「過時」了呢？「立此存照」足矣，更有何話可說。

清代學術是折本的生意

我每遇到學者談起清代的學術時，總不免同時想：「揚州十日」，「嘉定三屠」這些小事情，不提也好罷，但失去全國的土地，大家十足做了二百五十年奴隸，卻換得這幾頁光榮的學術史，這買賣，究竟是賺了利，還是折了本呢？

可惜我又不是數學家，到底沒有弄清楚。但我直覺的感到，這恐怕是折了本，比用庚子賠款來養成幾位有限的學者，虧累得多了。

——《花邊文學．算帳》，一九三四

．．．．

這樣的話，在今天的「像煞有介事」的學術界聽來，也許很刺耳，但如果由老老實實的愚民來看，或許竟是明明白白的事實。

學者對於學術，畢竟難以忘情，所以至今提起「乾嘉學派」，總還是如雷貫耳的時候居多。魯迅自己也承認，在異族高壓的清代，學者們恐怕也只能如此，何況他們的學術本身也確實是好的，許多漢宋以來一直沒有讀懂的古書，直到清儒才把它們看懂了。

魯迅的意思，只是提醒後來一談這段學術史就忘乎所以的人，不要有意無意地漠視在「乾嘉學派」取得成功的同時，曾經發生過怎樣的社會現象。

如果把整個的社會現象拋在一邊，而獨尊學術，表面上似乎把學術抬得很高，其實倒是嚴重歪曲了學術。

學術的價值，有絕對，也有相對。在學術界內部，限於一定的學術課題，一定的學術方法，學者們的成績的好壞之比，可以是絕對的，而如果超出學術界，拿學術和其他社會現象相比，就只能是相對的了。

如果只看到學術的絕對的價值，挾學術以自重，不僅不能提高學術的價值，倒反而敗壞了學術的名譽，如《故事新編．理水》描寫「文化山」上那些自命不凡的學者。

就相對價值來而論，學術和一個人其他的吃飯營生，並無什麼不同，——魯迅認為無非都是「瞰飯之道」而已。魯迅自己也是學者，而且是學有專攻、精深淵博的大學問家，但他對學術價值的認識，向來是比較低調的。第一，他在紹興、北京期間做學術，主要是「自費」，並無「研究經費」。後來蔡元培聘他做大學院撰述員，發過一段時間經費，但從一九二七年定居上海開始，魯迅就告別大學講壇，基本不做純學術研究了。第二，他向來就很警惕學者對於政治的依附關係，在雜文〈詩歌之敵〉中，他模仿法國思想家巴斯卡「詩人，非有少許穩定者也」的話，說「學者，非有少許穩定者也」。第三，就是學術活動本身，魯迅也並不盲目推重。一九〇七年〈摩羅詩力說〉就認為，學術比不上文學，人生的奧妙只能有待於「直語其事實法則」的詩人來揭示，而「不能假口於學子」。他跟許廣平通信，說他的老同學朱希祖只是一個不錯的學究，「在窗下終日孜孜」，值得佩服，但如果不甘寂寞，要別人尤其是青年也來學樣，就非常不妥了。他甚至認為，許多學術問題都是學者虛構，並不成其為問題，猶如斯賓塞所譏笑的「鄰貓生子」，毫無價值。

今天看來，斯賓塞或魯迅都並沒有厚誣學術。許多學者的「科研成果」、「重大發現」，也確實不過是告訴大家，他鄰居家裡那頭母貓昨天生了一窩貓崽子罷了。何況就連母貓是否真為鄰居所有，貓崽子實際數目如何，以及確切的生產時間，往往都還決定不了呢。

傻瓜的遺傳

然而我們是忘卻了自己曾為孩子時候的情形了，將他們看作一個蠢才，什麼都不放在眼裡。即使因為時勢所趨，只得施一點所謂教育，也以為只要付給蠢才去教就足夠。於是他們長大起來，就真的成了蠢才，和我們一樣了。

——《且介亭雜文．〈看圖識字〉》，一九三四

．．．．

「孩子是人類的教師」，說這句話的人多，真相信的估計很少。大多數父母都希望別人誇讚自己的孩子聰明，以證明自己了不起；真的面對孩子，恐怕還是如魯迅所說，把他們當做蠢材——也就是「親愛的小傻瓜」。

蠢材當然交給同樣是蠢材的人去教就可以了。

所以社會上普遍看不起小學教師乃至一切的老師。美國大學流行過一句口頭禪：

Those who can do nothing teach, those who can not teach teach teachers（「什麼也幹不了的可以去做教師，什麼也教不了的，可以去教教師」）。最近又聽說，美國教師特別是中小學教師奇缺：誰願意被人視為「什麼也幹不了的」呢？這種風氣倘不扭轉，孩子們長大，或許真的都要成為「Those who can do nothing」了。

重視教育，不能僅僅重視教育那些受教育者，更要重視教育者自身的教育，至少應該想想，一直以來我們都是怎樣教育孩子的。

比如，我們總是喜歡為孩子們樹立標兵、榜樣，這固然好，但這些標兵和榜樣被樹立起來，似乎不是為了孩子，而是哄教育者自己高興，所以極其沒有定準，今天是這樣的標兵，明天是那樣的榜樣，結果讓真心願意學習標兵榜樣的孩子無所適從，最後對一切的標兵和榜樣都失去信心。如果哪位學者肯破費時間，研究一下最近幾十年標兵榜樣的變遷史，應該大有益於世道人心的。

> 「就是所謂『教科書』，在近三十年中，真不知變化了多少。忽而這麼說，忽而那麼說，今天是這樣的宗旨，明天又是那樣的主張，不加『教育』則已，一加『教

育』，就從學校裡造成了許多矛盾衝突的人……」（《准風月談．我們怎樣教育兒童的？》，一九三三）

七十多年前的這番話，是否值得自以為有資格教育孩子的人士仔細省察？

文字獄的另一面

大家向來的意見，總以為文字之禍，是起於笑罵了清朝。然而，其實是不盡然的。

——《且介亭雜文·隔膜》，一九三四

……

清乾隆四十八年二月，山西臨汾縣生員馮起炎，聽說皇帝要謁泰陵，便身懷著作，徘徊道路，意欲呈進，不料以「形跡可疑」被逮。那著作，是以《易》解《詩》，信口開河，不值得抄引，但結尾「自傳」性的一段文章，猶如現今碩士、博士論文照例都有的「後記」，十分特別：

「又，臣之來也，不願如何如何，亦別無願求之事，惟有一事未決，請對陛下一敘其緣由。臣……嘗到臣張三姨母家，見一女，可娶，而恨力不足以辦此。此女名曰小女，年十七歲，方當待字之年，而正在未字之時，乃原籍東關春牛廠長興號張守忭之次女也。又到臣杜五姨母家，見一女，可娶，而恨力不足以辦此。此女名小鳳，年十三歲，雖非必字之年，而已在可字之時，乃本京東城鬧市口瑞生號杜月之次女也。若以陛下之力差幹員一人，選快馬一匹，克日長驅到臨邑，問彼臨邑之地方官：『其東關春牛廠長興號中果有張守忭一人否？』誠如是也，則此事諧矣。再問：『東城鬧市口瑞生號中果有杜月一人否？』誠如是也，則此事諧矣。二事諧，則臣之願畢矣。然臣之來也，方不知陛下納臣之言耶否耶，而必以此等事相強乎？特進言之際，一敘及之。」

魯迅是這樣評述這個有趣的故事的：

這何嘗有絲毫惡意？不過著了當時通行的才子佳人小說的謎，想一舉成名，天子做媒，表妹入抱而已。不料事實結局卻不大好，署直隸總督袁守侗擬奏罪名是：「閱其呈首，膽敢於聖主之前，混講經書，而呈尾措辭，尤屬狂妄。核其情罪，較衝撞儀仗為更重。馮起炎一犯，應從重發往黑龍江等處，給披甲人為奴……」這位才子，後來大約終於單身出關做西崽去了。

從這個典型的清朝文字獄中，魯迅得出這樣的結論：

「凡這等事，粗略的一看，先使我們覺得清朝的凶虐，其次，是死者的可憐。但再來一想，事情是並不這麼簡單的。這些慘案的來由，都只是為了『隔膜』。」（同上）

所謂「隔膜」，指漢人忘了自己的奴隸身分，見統治者鼓吹滿漢一家，上了當，「真以為『陛下』是自己的親老子，親親熱熱的撒嬌討好去了。他那裡要這被征服者做兒子呢？於是乎殺掉。」

統治者看你是奴隸，沒有挑明罷了，你自己拎不清，以為可以做孝子，這在人家看來就是「不安其位」，找個理由，大開殺戒，以儆效尤，於是而有文字獄：這是魯迅和別的研究文字獄的學者見解不同的地方，顯示了他認識歷史的獨特眼光。

成也不信，敗也不信

不負責任的，不能照辦的教訓多，則相信的人少；利己損人的教訓多，則相信的人更其少。

「不相信」就是「愚民」的遠害的塹壕，也是使他們成為散沙的毒素。

——《且介亭雜文．難行與不信》，一九三四

．．．．

凡是宣傳，總要聲嘶力竭，因為宣傳者自己就預先害怕「愚民」會不相信。

「愚民」為什麼不相信？

因為那被反復宣傳的內容，實在包含了太多「不負責任」、「不能照辦」或「損人利己」的「教訓」，他們先前或者也相信過，但吃虧太多，後來就乾脆「不信」，這樣才可以較少受愚弄。

但是，如果一直「不信」，如果「不信」成了「國民的根性」，如果凡事「不信」

的國民成為「一盤散沙」，則果真有貨真價實的有益而重要的宣傳，也不起作用了。

那時候，受害的不僅是宣傳者，也包括「愚民」自己。

但最初的責任在誰呢？

只能是那些居心叵測的宣傳者。

也不過挽聯作得好而已

文人的遭殃，不在生前的被攻擊和被冷落，一瞑之後，言行兩亡，於是無聊之徒，謬託知己，是非蜂起，既以自衒，又以賣錢，連死屍也成了他們沽名獲利之具，這倒是值得悲哀的。

——《且介亭雜文．憶韋素園君》，一九三四

．．．．

一九三五年，在雜文〈病後雜談〉中，魯迅有感於文人的善於顛倒黑白，指鹿為馬，幾乎把一九三四年的話又重說了一遍：

「將來我死掉之後，即使在中國還有追悼的可能，也千萬不要給我開追悼會或者出什麼紀念冊。因為這不過是活人的講演或挽聯的鬥法場，為了造語驚人，對仗工穩起見，有些文豪們簡直不恤於胡說八道的。結果至多也不過印成一本書，即使有誰看

了，於我死人，於讀者活人，都無益處，就是對於作者，其實也並無益處，挽聯作得好，不過是挽聯作得好而已。」（《且介亭雜文・病後雜談》，一九三五）

凡參加過追悼會的人，如果碰巧又有文人在場，就都可以想想魯迅這兩段話的。

中國的脊梁

我們自古以來，就有埋頭苦幹的人，有拼命硬幹的人，有為民請命的人，有捨身求法的人，……雖是等於為帝王將相作家譜的所謂「正史」，也往往掩不住他們的光耀，這就是中國的脊梁。

——《且介亭雜文·中國人失掉自信力了嗎》，一九三四

····

這是很多人熟悉的名言。

但我先前總覺得這不像是魯迅說的，又總覺得即使是魯迅說的，也說得夠勉強，彷彿只是為事實上已經失去自信力的中國人打氣似的。

因為長期以來，我們的教科書在抓住魯迅這句名言而大肆鼓吹的時候，總忘記了那同一篇文章結尾所交代的關鍵問題：有自信力的中國人在哪裡？

魯迅的說法是：

「不過一面總在被摧殘，被抹殺，消滅於黑暗中，不能為大家所知道罷了。」（《且介亭雜文．中國人失掉自信力了嗎》，一九三四）

「自信力的有無，狀元宰相的文章是不足為據的，要自己去看地底下。」（《且介亭雜文．中國人失掉自信力了嗎》，一九三四）

原來如此。

「愛面子」和「不要臉」

白衣是親族有服者所穿的，現在必須「爭穿」而又「不遂」，足見並非親族，但竟以為「有失體面」，演成這樣的大戲了。這時候，好像只要和普通有些不同便是「有面子」，而自己成了什麼，卻可以完全不管。這類脾氣，是「紳商」也不免發露的：袁世凱將要稱帝的時候，有人以列名於勸進表為「有面子」；有一國從青島撤兵的時候，有人以列名於萬民傘為「有面子」。

——《且介亭雜文·說「面子」》，一九三四

⋯⋯

一九三四年九月三十日《申報》的一則新聞說，滬西有個包工頭木匠為其母親出殯，邀請朋友王樹寶夫婦幫忙指揮，因來賓過多，白衣不夠，這時碰巧來了一個也是姓王的賓客，局面很快大亂：

「（王某）爭穿白衣不遂，以為有失體面，心中懷恨……邀集徒黨數十人，各執鐵棍，據說尚有持手槍者多人，將王樹寶家人亂打，一時雙方有劇烈之戰爭，頭破血流，多人受有重傷。」（《且介亭雜文．說「面子」》，一九三四）

魯迅大概是經常看《申報》的，但他和今之見怪不怪的閱報者不同，看了新聞，一受刺激，便忍不住發點議論——有人說是混稿費，其實是在講中國人的特殊的面子哲學：

「白衣是親族有服者所穿的，現在必須『爭穿』而又『不遂』，足見並非親族，但竟以為『有失體面』，演成這樣的大戲了。這時候，好像只要和普通有些不同便是『有面子』，而自己成了什麼，卻可以完全不管。這類脾氣，是『紳商』也不免發露的：袁世凱將要稱帝的時候，有人以列名於勸進表為『有面子』；有一國從青島撤兵的時候，有人以列名於萬民傘為『有面子』。」（同上）

他由此想到另一則笑話：

「一個紳士有錢有勢，我假定他叫四大人罷，人們都以能夠和他扳談為榮。有一個專愛誇耀的小癟三，一天高興的告訴別人道：『四大人和我講過話了！』人問他『說什麼呢？』答道：『我站在他門口，四大人出來了，對我說：滾開去！』」（同上）

為了爭取自己也不知道算什麼的「面子」，就不擇手段，最後弄成事實上很沒面子乃至「不要臉」，這毛病出在對「面子」的理解，也出在爭取「面子」的手段。用今天時髦的話講，就是觀念和實踐都有問題了。魯迅在三〇年代中期的語境說話，所舉的例子，自然也只能是那時和更早的，但今天看起來，似乎也還很有趣：

「相傳前清時候，洋人到總理衙門去要求利益，一通威嚇，嚇得大官們滿口答應，但臨走時，卻被從邊門送出去，不給他走正門，就是他沒有面子；他既然沒有了面子，自然就是中國有了面子，也就是占了上風。」（同上）

不管怎樣，到這一地步，「要面子」和「不要臉」，就很難區分了：

「中國人要『面子』，是好的，可惜的是這『面子』是『圓機活法』，善於變化，於是就和『不要臉』混起來了。」（同上）

連迷信也會弄虛作假

迷信是迷信，但迷得多少小家子相，毫無生氣，奄奄一息……與其迷信，模糊不如認真。……中國有許多事情都只剩下一個空名和假樣，就為了不認真的緣故。

——《且介亭雜文．〈如此廣州〉讀後感》，一九三四

．．．．

一九三四年初《申報．自由談》上刊登過一篇〈如此廣州〉，批評廣州人的迷信活動太賣力氣、太花錢、太煞有介事，囂張，而且愚蠢。

這篇極不起眼的報導立即引起魯迅的注意。但他的著眼點有些出乎一般讀者的意料之外。他首先也跟在〈如此廣州〉的作者後面，批評了廣州人的迷信活動。但筆鋒一轉，馬上又說道，像江浙和上海一帶的聰明人不肯花錢、裝裝樣子的迷信，倒還不如廣州人：

「迷信是迷信，但迷得多少小家子相，毫無生氣，奄奄一息……與其迷信，模糊不如認真。倘若相信鬼還要用錢，我贊成北宋人似的索性將銅錢埋到地裡去，現在那麼的燒幾個紙錠，卻已經不但是騙別人，騙自己，而且簡直是騙鬼了。中國有許多事情都只剩下一個空名和假樣，就為了不認真的緣故。」

他同情廣州人，顯然並非贊同他們的迷信，或鼓勵大家在迷信的時候大肆花錢，而是借這個話題，來讚賞一部分中國人的做事「認真」。

十幾天後，他又作了篇雜文，講的還是同一個道理：

「中國人自然有迷信，也有『信』，但好像很少『堅信』。我們先前尊皇帝，但一面想玩弄他，也尊后妃，但一面又有些想吊她的膀子；畏神明，而又燒紙錢作賄賂，佩服豪傑，卻不肯為他作犧牲。崇孔的名儒，一面拜佛，信甲的戰士，明天信丁。」（《且介亭雜文．運命》，一九三四）

中國自古神權思想薄弱，對超出人力之外的存在的信念，大多處於若有若無之間，凡事以人意為轉移，所以士人俗子匍匐於世俗權威之下，普遍沒有「特操」，甚至在神鬼面前也敢弄虛作假：這才是魯迅所深憂而遠慮的。

蘇州話令人肉麻

我不愛江南。秀氣是秀氣的，但小氣。聽到蘇州話，就令人肉麻。此種言語，將來必須下令禁止。

——〈致蕭軍〉，一九三五

……

「江南好，風景舊曾諳，日出江花紅勝火，春來江水綠如藍，能不憶江南？」白居易的詩，傳誦千古，他對江南的喜愛，也幾乎能夠得到中國人普遍的贊同，但不包括魯迅：

我不愛江南。秀氣是秀氣的，但小氣。聽到蘇州話，就令人肉麻。此種言語，將來必須下令禁止。

魯迅真不喜歡江南？倒也未必。從〈故鄉〉的童年記憶，到《朝花夕拾》「思鄉的蠱惑」，以至「老歸大澤菰蒲盡，夢墜空雲齒發寒」的暮年，故鄉、江南，都是他心底一方淨土。但江南、故鄉又確實留給他許多淒慘不快的印象，特別是江南人的一些習性，更令他難以忍受。比如他看不慣紹興人的喜歡吃醃菜，甚至想遍考古書，查一查紹興地方歷史上究竟經歷過怎樣了不得的災荒，以至於那麼喜歡把一切新鮮菜蔬都醃製起來，長久地儲備。

這種不喜歡，範圍一擴大，連口音上的特點也非常敏感。他兒子海嬰在幼稚園學了幾句蘇州話，就令他大不舒服。此外南通話、無錫腔，他都不能消化（這或許跟他的夙敵陳西瀅、顧頡剛、楊蔭榆都是無錫人有關）。

魯迅也不喜歡閩南話。在紹興會館時，有天晚上隔壁來了幾個福建人，大聲聊天，令他無法休息，以至不得不幾次三番地前去干涉。干涉無效，只好回來在日記裡傾泄一通，說感覺那幾個閩客在一起說話，猶如可怕的動物互相咬齧。

但「下令禁止」云云，大概是他正在和來自東北的流亡作家蕭軍通信，推崇蕭的東北人的「土匪氣」，而有意貶低江南，開開玩笑罷了。

不過語言的隔閡，有時確實嚴重，引起人心的不適，蓋不下於不同人種之間膚色的差異。況且語言的隔閡很難消除。筆者旅居滬上已近二十五載，自以為會說上海話的歷史差不多也有二十多年了，但每次開口，「老上海」都不免皺眉頭。他們聽我的洋涇濱的上海話的感受，大概也就相當於我初到上海時的語言恐懼吧？或者更糟。

「放火的名人」和「點燈」的無名氏

殺人者在毀壞世界，救人者在修補它，而炮灰資格的諸公，卻總在恭維殺人者。

——《且介亭雜文·拿破崙與隋那》，一九三四

‧‧‧‧

西元前一千多年，天花席捲古埃及，法老拉美西斯五世也未倖免，他的木乃伊面部就有天花瘢痕。十八世紀的歐洲六千多萬人死於天花，幾乎是滅絕性的災難。西元一世紀天花傳到中國，至唐宋時期，交通發達，流行也日益廣泛。清順治皇帝駕崩時年僅二十四歲，得的就是天花。

預防天花，最早成功的是中醫的「以毒攻毒」：取天花病人身上膿汁刺入沒得過天花的人皮膚，這人會得一次輕微天花，康復後即不再傳染。明董正山《種痘新書》記載「唐開元（七一二—七五六）年間江南趙氏始傳鼻苗種痘之法」，是預防天花的最早記

載。十七世紀末人痘接種法已推廣全國，技術也逐漸完善，有痘漿法、痘衣法、旱苗法、水苗法等，而且很快傳到到世界各地。美國獨立戰爭時期，喬治・華盛頓讓「大陸軍」及時接種人痘苗，避免了軍心渙散，保證了戰爭的最終勝利。

人痘難免有危險，但確實防止了天花大規模危害，也為八個世紀以後英國醫生隋那（Edward Jenner，一七四九—一八二三；編註：台灣多譯為「金納」）發明牛痘提供了基礎。

十八世紀的歐洲，有人相信擠奶女工感染牛痘後就不會得天花，但醫生學者都認為是迷信，隋那經過二十年艱辛探索，確信牛痘可代替人痘預防天花，不僅效果好，而且沒有危險。一七九六年五月十四日，一對牧工夫婦鼓勵隋那在他們八歲的兒子詹姆斯・菲普斯身上做這可怕的試驗，結果一舉成功，這天也就成了人類征服天花的標誌。

但最終消滅天花還要全人類合作。一九四八年世界衛生組織（WHO）成立，天花被列為第一要控制的疾病。一九五八年第十一次世界衛生大會通過了全球開展消滅天花運動的決議。一九七七年十月二十六日最後一例患者在非洲索馬利亞被治癒。一九七九年十二月二十九日，來自十九個國家的二十一位委員在全球消滅天花證實委員會第二次會議上簽字，證實全球消滅天花。

這一重大消息並未引起什麼反響，至於隋那、唐朝始傳鼻苗種痘法的「江南趙氏」，八歲的詹姆斯．菲普斯和他的勇敢仁愛的父母，以及二十世紀的全球性努力，還有幾人記得？現在的年輕人追求的都是一些什麼東西？誰還敢議論他們的時尚和偶像？

歷史天平如此傾斜，難怪魯迅要在一九三四年的上海憤怒地感歎：

「殺人者在毀壞世界，救人者在修補它，而炮灰資格的諸公，卻總在恭維殺人者。」

這和秦漢之際的情形如出一轍：

「秦的末年就有著放火的名人項羽在，一燒阿房宮，便天下聞名……然而，在未燒以前的阿房宮裡每天點燈的人們，又有誰知道他們的名姓呢？」（《且介亭雜文．關於中國的兩三件事》，一九三四）

因此他沉痛地告誡人們：

「這看法倘不改變，我想，世界是還要毀壞，人們也還要吃苦的。」（《且介亭雜文・拿破崙與隋那》，一九三四）

心裡受傷永不痊癒

大明一朝，以剝皮始，以剝皮終，可謂始終不變。

——《且介亭雜文．病後雜談》，一九三四

⋯⋯

一九三四年底，魯迅寫了篇長文〈病後雜談〉，談中國古代各種酷刑，分四部分，發表時只有第一部分，被檢查官刪除的其他三部分，寫得最多的，是「剝皮」之刑。

剝皮之事，在古代雖非官方刑罰，但也不絕於書。其法大抵由背脊下刀，將皮膚向兩邊展開，再剝至胸前。據說另有一法，是將人活埋，在露出的頭頂割十字，拉開頭皮，灌入水銀，水銀下行，肌肉與皮膚脫離，被剝者痛得扭動不已，只得從頭頂缺口爬出，將一張完整的人皮留在土裡。

漢景帝時，廣川王曾「生割剝人」，剝法已不可考。魯迅經常提到的三國時孫皓，曾剝人臉皮。孫皓後來降晉，晉武帝司馬炎一日和侍中王濟下棋，孫皓觀戰，王問孫，聽說你在吳時剝人面，刖人足，有這事嗎？孫皓答曰：「為人臣而失禮於君主，當受此刑。」可見他真幹過，還理直氣壯。元初忽必烈誅阿合馬，武士從阿的愛妾引柱衣櫃中搜出兩張人皮，忽必烈下令將引柱及其親信剝皮示眾。

明朝剝皮之刑最多最酷，從太祖皇帝朱元璋到明末張獻忠，剝皮不止，所以魯迅就這樣概括有明一代的歷史：

「大明一朝，以剝皮始，以剝皮終，可謂始終不變。」

朱元璋立國之初，以嚴刑峻法鞏固統治，「剝皮揎草」就是他的發明：剝下人皮，填上草，將這「人皮草袋」置於犯事官員的官座旁邊，以警告後任者。事見趙翼《廿二史箚記》所引《草木子》，祝允明《野記》和李默《孤樹裒談》也有類似記載。明初開國功臣藍玉被處死後也剝了皮，朱元璋下令把他的皮傳示各省。藍玉女是蜀王妃，蜀王朱椿把藍玉的皮保存下來。當時府州縣衙附近都有專門的剝皮場所，號稱「皮場」。燕王朱棣趕走侄子建文皇帝，對忠於建文的朝臣進行殘酷鎮壓，景清、胡閏都被剝皮。胡閏先被縊殺，後「剝皮揎草」以示眾。洪武間，宮中太監論死罪者多凌遲或剝皮。武宗正德七年，趙鐩謀反，兵敗被俘，朱厚照將同時起事的三十七人全部處死，為首六人剝皮。言官啟奏祖訓曾禁止剝皮之刑，正德皇帝不聽，還下令把六人之皮製成馬鞍鐙，出行時就騎上。上行下效，兩廣提督韓觀善剝人皮，耳目口鼻俱在，鋪於座椅，人臉張於椅背，頭髮披散椅後，韓升帳就坐其上，以添威儀。嘉靖時，湯克寬率兵平定海寇，剝首領王艮之皮製成「人皮鼓」。魏忠賢剝皮之法更奇：取滾燙之瀝青澆在人犯身上，冷卻凝固後，用錘子將瀝青和人皮一齊敲下。

張獻忠入蜀之後，剝皮甚多。他大概因為攻下成都，見過藍玉被剝的皮，盡得其妙，依法炮製，大剝特剝那些被懷疑忠於明室的官員。魯迅從清初劉景伯所撰《蜀高抬貴手》及彭遵泗所撰的《蜀碧》考得此事，從中可以知道張獻忠之殘暴，絲毫不在前人之下：

「從頭至尻，一縷裂之，張於前，如鳥展翅，率逾日始絕。有即斃者，行刑之人

坐死。」（同上）

獻忠敗，部下孫可望投降南明，被永曆帝朱由榔封為秦王。永曆六年即清順治九年，可望殺陳邦傳父子，剝皮傳示各地，御史李如月向永曆帝彈劾可望「擅殺勳將，無人臣禮」，永曆不敢得罪可望，反打了李如月四十大板。可望親信張應科將此事報告可望，可望即命應科將李如月抓來剝皮。這一節，魯迅引屈大均《安龍逸史》的記載：

「俄縛如月至朝門，有負石灰一筐，稻草一捆，置於其前。如月問：『如何用此？』其人曰，『是揎你的草！』如月叱曰：『瞎奴！此株株是文章，節節是忠腸也！』既而應科立右角門階，捧可望令旨，喝如月跪。如月叱曰：『我是朝廷命官，豈跪賊令？』乃步至中門，向闕再拜。——應科促令仆地，剖脊，及臀，如月大呼：『死得快活，渾身清涼！』又呼可望名，大罵不絕。及斷至手足，轉前胸，猶微聲恨罵；至頸絕而死。隨以灰漬之，紉以線，後乃入草，移北城門通衢閣上，懸之。」

後來魯迅又在宋端儀的《立齋閒錄》和俞正燮的《癸巳類稿》發現永樂皇帝的一些

「上諭」，其凶殘變態，遠在張獻忠之上。

魯迅不滿歷代「正史」塗飾掩蓋，常勸人看野史，以瞭解真相。但他自己看到這些慘狀，也不免感慨起來：

「真也無怪有些慈悲心腸人不願意看野史，聽故事；有些事情，真也不像人世，要令人毛骨悚然，心裡受傷，永不痊癒的。」（同上）

「自有歷史以來，中國人是一向被同族和異族屠戮，奴隸，敲掠，刑辱，壓迫下來的，非人類所能忍受的楚毒，也都身受過，每一查考，真教人覺得不像活在人間。」（《且介亭雜文．病後雜談之餘》，一九三五）

「不像活在人間」，這不特是魯迅的感歎，也是許多現代作家共同的歷史意識。熟悉中國現代文學的讀者應該還知道，就是在描述現實的生存感受時，現代作家也經常發此浩歎。流風所及，筆者幼年的教科書每涉及「萬惡的舊社會」，動輒呼之曰「人間地獄」，大概並非單純的政治宣傳，也屬於魯迅所謂「心裡受傷，永不痊癒的」罷。

應該懸想它是一件新東西

鼎在周朝，恰如碗之在現代，我們的碗，無整年不洗之理，所以鼎在當時，一定是乾乾淨淨，金光燦爛的，換了術語來說，就是它並不「靜穆」，倒有些「熱烈」。

——《且介亭雜文二集・「題未定」（七）》，一九三六

．．．．

一九三五年十二月號的《中學生》雜誌上，刊登了美學家朱光潛的一篇文章，〈說「曲終人不見，江上數峰青」〉，認為一切藝術的最高境界，是「超一切憂喜」、「泯化一切憂喜」的「靜穆」（Serenity），古代希臘的藝術是「靜穆」的典型，「屈原、阮籍、李白、杜甫都不免有些金剛怒目，憤憤不平的樣子。陶潛渾身『靜穆』，所以他偉大」。

魯迅認為這是對古人的誤解，就是把古人看得「古」，而不敢想像古人是曾經生活

過的活人，也把古人的作品看得太「古」，其實「應該懸想它是一件新東西」。他接著就講了一個親身經歷的故事：

「記得十多年前，在北京認識了一個土財主，不知怎麼一來，他也忽然『雅』起來了，買了一個鼎，據說是周鼎，真是土花斑駁，古色古香。而不料過了不幾天，他竟叫銅匠把它的土花和銅綠擦得一乾二淨，這才擺在客廳裡，閃閃的發著銅光。這樣的擦得精光的古銅器，我一生中還沒有見過第二個。一切『雅士』，聽到的無不大笑，我在當時，也不禁由吃驚而失笑了。但接著就變得肅然，好像得了一種啟示……是覺得這才看見了近於真相的周鼎。鼎在周朝，恰如碗之在現代，我們的碗，無整年不洗之理，所以鼎在當時，一定是乾乾淨淨，金光燦爛的，換了術語來說，就是它並不『靜穆』，倒有些『熱烈』。」

針對朱光潛把希臘的造型藝術推為「靜穆」的極致，魯迅認為：

「例如希臘雕刻罷，我總以為它現在之見得『只剩下一味醇樸』者，原因之一，是在曾埋在土中，或久經風雨，失去了鋒稜和光澤的緣故，雕造的當時，一定是嶄新，雪白，而且發光的，所以我們現在所見的希臘之美，其實並不準是當時希臘人之所謂美，我們應該懸想它是一件新東西。」

美學家因為不是歷史學家，所以拼命從美學的角度看問題，而把歷史和時間丟在一旁，把「美」解說得脫離生活，神乎其神，還指責將歷史和時間因素考慮進去的觀賞者不會「審美」。這確實是廣大的美學門外漢經常遇到的事。魯迅看一切問題，包括美學和藝術，都儘量從具體的歷史情境出發，這並不是否定美學，或者簡單地鼓勵人們像那個土財主一樣對待一切藝術品，而是要恢復美學往往容易脫離的生活的基礎，防止它一味玄虛下去。

暗殺中國著作

單看雍正乾隆兩朝的對於中國人著作的手段，就足夠令人驚心動魄。全毀，抽毀，剜去之類也且不說，最陰險的是刪改了古書的內容。乾隆朝的纂修《四庫全書》，是許多人頌為一代之盛業的，但他們卻不但搗亂了古書的格式，還修改了古人的文章；不但藏之內廷，還頒之文風較盛之處，使天下士子閱讀，永不會覺得我們中國的作者裡面，也曾經有過很有些骨氣的人。

——《且介亭雜文．病後雜談之餘》，一九三五

．．．．

一九三四年的〈病後雜談〉的重點，是明代的「剝皮」；一九三五年的〈病後雜談之餘〉的重點之一，則是清朝的「毀書」。

滿清統治者並沒有像秦始皇那樣焚書，反而編輯了《四庫全書》，廣泛收羅古書，使天下士子感恩戴德。但魯迅眼光何其敏銳，硬是從表面的功德看出藏在下面的「暗殺

中國著作」的罪行：

> 「嘉慶道光以來，珍重宋元版本的風氣逐漸旺盛，也沒有悟出乾隆皇帝的『聖慮』，影宋元本或校宋元本的書籍很有些出版了，這就使那時的陰謀露了馬腳。」

魯迅認為，《四庫全書》的目的之一，乃是滿清統治者本著「文化統制」政策，大肆收羅清以前的中國書籍，加以重新編輯，使後人但知天下圖書有「庫本」，不知有原本。「庫本」（《四庫全書》本）與原本最大的不同，就是通過「全毀，抽毀，剜去」或「刪改」、「變亂」等手段，取消清以前中國書籍「華夷之辯」的內容，使包括滿族在內的一切異族在中國的暴行都得以遮蓋。魯迅根據自己掌握的資料，有力地證明了這一點。

清朝考據家指責「明人好刻書而古書亡」，魯迅則斷言：「清人纂修《四庫全書》而古書亡」。可惜後人不讀古書，不曉得清以前古書與「庫本」差異何在，一提到乾隆皇帝派人編輯《四庫全書》，仍舊肅然起敬，甚至動輒花大價錢來翻印，這和現在主要以滿清皇室生活為題材的電視劇至今還受到普遍歡迎，道理是一樣的。

中國根柢全在道教

在中國，從道士聽論道，從批評家聽談文，都令人毛孔痙攣，汗不敢出。然而這也許倒是中國的「永久不變的人性」罷。

——《而已集・文學和出汗》，一九二八

一九一八年八月二十日，魯迅在致好友許壽裳的信中說：

……

「前曾言中國根柢全在道教，此說近頗廣行。以此讀史，有許多問題可以迎刃而解。後以偶閱《通鑑》，乃悟中國人尚是食人民族，因成此篇。此種發見，關係亦甚大，而知者尚寥寥也。」

「因成此篇」，指〈狂人日記〉的創作。當時許在江西，看了小說，即斷定出於他所欽佩的老同學周豫才之手，但署名「魯迅」又使他納悶，「天下難道還有第二個豫才嗎？」於是寫信問魯迅，魯迅就回了這封信，給他一個肯定的答覆。

〈狂人日記〉說中國歷史只有「吃人」二字，一般解釋「控訴封建文化吃人」，這當然不錯。許多人看到「後以偶閱《通鑑》，乃悟中國人尚是食人民族，因成此篇」這句話，進一步認為魯迅的矛頭，專指儒教，因司馬光的《資治通鑑》向來被奉為貫穿儒家正統思想的史書。其實不然。

對中國三大思想傳統——儒、釋、道——魯迅一生攻擊最烈的，莫過於「道教」：

> 「在中國，從道士聽論道，從批評家聽談文，都令人毛孔痙攣，汗不敢出。然而這也許倒是中國的『永久不變的人性』罷。」

「道士」和「中國的『永久不變的人性』」掛鉤，可見魯迅的重視。所以他又說過，中國人從來就有罵佛、排儒，而少有批評道士的，明乎此，就懂得中國的大概了。

「儒術」雖然歷朝歷代都很吃香，但魯迅認為儒教的地位，其實排在道教之下：

「我們雖掛孔子的門徒招牌，卻是莊生的私淑弟子。『彼亦一是非，此亦一是非』，是與非不想辨；『不知周之夢為蝴蝶歟，蝴蝶之夢為周歟？』夢與覺也分不清。」（《南腔北調集．「論語一年」》）

這是因為孔子的學說和一般人無關，專門替權勢者作想，而權勢者一旦用它達到了目的，也就棄之如敝履，漢高祖劉邦以儒冠為溺器，就是一個證明：

「孔夫子之在中國，是權勢者們捧起來的，是那些權勢者或想做權勢者們的聖人，和一般的民眾並無什麼關係。」（《且介亭雜文二集．在現代中國的孔夫子》，一九三五）

「不錯，孔夫子曾經計畫過出色的治國的方法，但那都是為了治民眾者，即權勢者設想的方法，為民眾本身的，卻一點也沒有。這就是『禮不下庶人』。成為權勢者們的聖人，終於變了『敲門磚』，實在也叫不得冤枉。」（同上）

「儒者，柔也」，不僅對權勢者如此，碰到其他教派，也莫不盡然。處在佛、道之間的儒的力量從來弱小，大概只有唐朝的韓愈才相信「吾道一以貫之」，但他以儒者正統主張「排佛」的結果，是「一封朝奏九重天，夕貶潮陽路八千」。而這中間，道教的勢力更大。

「晉以來的名流，每一個人總有三種小玩意，一是《論語》和《孝經》，二是《老子》，三是《維摩詰經》，不但採作談資，並且常常作一點注解。唐有三教辯論，後來變成大家打諢；所謂名儒，作幾篇伽藍碑文也不算什麼大事。宋儒道貌岸然，而竊取禪師的語錄。清呢，去今不遠，我們還可以知道儒者的相信《太上感應篇》和《文昌帝君陰騭文》，並且會請和尚到家裡來拜懺。」（《准風月談・吃教》）

總之在道教面前，很難有所謂「純儒」。佛教的處境也不妙：

「佛教東來時有幾個佛徒譯經傳道，則道士們一面亂偷了佛經造道經，而這道經就來罵佛經，而一面又用了下流不堪的方法害和尚，鬧得烏煙瘴氣，亂七八糟。」（《集外集拾遺補編．關於〈小說世界〉》，一九二三）

佛教傳入中國時，竟然被做為「根柢」的道教用「下流不堪的方法」作弄：魯迅的批判矛頭，顯然更多指向這道教。

致許壽裳的信有所謂「前曾言——此說近頗廣行」，可見魯迅在這以前就跟許氏討論過這個話題，但是否就是「近頗廣行」的原因，還無從知道，但「廣行」倒是真的。錢玄同在一九一八年五月十五日《新青年》第四卷第五號發表〈隨感錄．八〉，就大罵「最野蠻的道教」，認為「二千年來民智日衰，道德日壞，雖由於民賊之利用儒學以愚民；而大多數之心理舉不出道教之範圍，實為一大原因」。陳獨秀也說：

「吾人不滿於儒家者，以其分別男女尊卑過甚，不合於現代社會之生活也。然其說尚平實近乎情理。其教忠，教孝，教從，倘係施者自動的行為，在今世雖非善制，亦非惡行。故吾人最近之感想，古說最為害於中國者，非儒家乃陰陽家也（儒家公羊一派，亦陰陽家之假託也）；一變而為海上方士，再變而為東漢、北魏之道士，今之風水，算命，卜卦，畫符，念咒，扶乩，煉丹，運氣，望氣，求雨，祈晴，迎神，說鬼，種種邪僻之事，橫行國中，實學不興，民智日僿，皆此一系學說之為害也。」（〈隨感錄．陰陽家〉，載於一九一八年七月十五日《新青年》）

類似的意見，還可以在周作人那裡找到更詳細的闡釋：

「改良鄉村的最大阻力，便在鄉下人們自身的舊思想，這舊思想的主力是道教思想。」「平常講中國宗教的人，總說有儒釋道三教，其實儒教的綱常早已崩壞，佛教也只剩了輪迴因果幾件和道教同化了的信仰還流行民間，支配國民思想的已經完全是道教的勢力了。我們不滿意於『儒教』，說他貽害中國，這話雖非全無理由，但照事實看來，中國人的確都是道教徒了。幾個『業儒』的士類還是子曰詩云的亂說，他的守護神實在已非孔孟，卻是梓潼帝君伏魔大帝這些東西了。在沒有士類來支撐門面的鄉村，這個情形自然更為顯著。」（《談虎集．鄉村與道教思想》）

魯迅和「五四」時期其他新文化主將們都認為「道教」禍害中國最深，所以「吃人」二字的謚號，主要應該贈給「道教」。可惜，至今也還正如魯迅所說：

「此種發見，關係亦甚大，而知者尚寥寥也。」

文字遊戲國

有人說中國是「文字國」，有些像，卻還不充足，中國倒該說是最不重文字的「文字遊戲國」，一切總愛玩些實際以上花樣，把字和詞的界說，鬧得一團糟……

——《且介亭雜文二集·逃名》，一九三五

……

現代中國，按胡適之的說法，是一個尚未脫離「名教」的國家（胡適〈名教〉）；按周作人的說法，是一個帶有薩滿教的相信語言力量的半野蠻國（周作人《談虎集·薩滿教的禮教思想》）；按馮友蘭的說法，是一個特別能夠生產文字概念的國家（馮友蘭《三松堂·自序》）；按陳寅恪的說法，是一個在語言文字上特別不自信的「次殖民地」（陳寅恪〈與劉叔雅論國文試題書〉）；按胡風的說法，是一個喜歡「坐著概念的飛機去搶奪思想競賽的錦標」的典型的東方後進國（胡風〈論現實主義的路〉）。

而按照魯迅的說法，這都只是「文字過剩」現象，他則看得更深一層：在「文字過剩」的後面隱藏著更可怕的「文字遊戲」的本質：

「有人說中國是『文字國』，有些像，卻還不充足，中國倒該說是最不重文字的『文字遊戲國』，一切總愛玩些實際以上花樣，把字和詞的界說，鬧得一團糟……於是比較自愛的人，一聽到這些冠冕堂皇的名目就駭怕了，竭力逃避。逃名，其實是愛名的，逃的是這一團糟的名，不願意醬在那裡面。」

中國人看起來很重視語言文字，「敬惜字紙」啊什麼的，實際上最不愛惜語言文字。為了自己的需要，實在已經把語言文字「鬧得一團糟」，以至於真正自愛的人，不得不像躲避瘟疫一樣，拼命逃避已經被敗壞了的語言文字，寧可處於「無名」的狀態。

魯迅在歷史小說〈鑄劍〉中塑造的那個神祕的「黑色人」，就拒絕別人以「義士」、「俠客」、「同情」之類的任何名詞來稱呼他，他認為這一切的語言文字——也就是「名」——都已經敗壞了，很不「乾淨」，因此他不要這些玩意兒再來沾染他。這是「黑色人」和那個感謝他為其復仇的人之間的對話：

「『你麼？你肯給我報仇麼，義士？』『啊，你不要用這稱呼來冤枉我。』

「『那麼，你同情於我們孤兒寡婦？……』

「『唉，孩子，你再不要提這些受了汙辱的名稱。』他嚴冷地說，『仗義，同情，那些東西，先前曾經乾淨過，現在卻都成了放鬼債的資本』。」

到了這一地步，被敗壞的豈止那被玩弄得一團糟的語言文字本身？

按照德國思想家海德格爾的說法，「語言是存在的家」，「語言文字的敗壞表明著人的本質的被敗壞」。魯迅所謂「一團糟」，顯然也不單純針對被弄壞了的語言文字，而指向有待改革的「國民的壞根性」。

藏在罪惡之下的真正的潔白

他把小說中的男男女女，放在萬難忍受的境遇裡，來試煉它們，不但剝去了表面的潔白，拷問出藏在底下的罪惡，而且還要拷問出藏在罪惡之下的真正的潔白來。

——《且介亭雜文二集．杜斯妥也夫斯基的事》，一九三五

．．．．

讀過杜斯妥也夫斯基小說的人大概不多，但讀了魯迅這段話，仔細想想，而能夠明白的人，應該不少。

都說「人性是複雜的」，但這句口頭禪的潛台詞，通常總是說人是靠不住的，不容易對付的，危險的，罪惡的，而魯迅對於人性複雜的理解，或者說魯迅所看到的杜斯妥也夫斯基小說所描寫的複雜的人性，儘管層次很多，而最後的內容，卻是「罪惡之下的真正的潔白來」。

杜斯妥也夫斯基對於人性的瞭解，根基於他的基督教思想，和孟子所說的「牛山之木嘗美也」的人性本善，不是一回事，但也未必不可以溝通。

關鍵是要切實地寫出並且能夠感動人的這「真正的潔白」。證諸世界文學史，這樣的例子並不多，可見其難度。

魯迅自己的小說，也並沒有達到這個境界。但他通過杜斯妥也夫斯基的藝術看到了這個境界。他的心和杜斯妥也夫斯基也有部分的相通。

也許，那「真正的潔白」不必求之於魯迅的小說，而應該求之於魯迅雜文乃至全部作品所隱含的那個作者。他，雖然刻薄，嚴厲，惡毒，有時頹唐，絕望，偏激，但內心依舊柔和，希望人類總歸能夠好起來。

這樣的人，有一顆潔白的心。

勇士自然也性交

倘有取捨，即非全人，再加抑揚，更非全體。譬如勇士，也戰鬥，也休息，也飲食，自然也性交，如果只取他末一點，畫起像來，掛在妓院裡，尊為性交大師，那當然也不能說是毫無根據的，然而，豈不冤哉！

——《且介亭雜文二集．「題未定」草（六）》，一九三五

．．．．

道理明白如同白晝，不必多說了。

問題是，犯得著拿可愛的勇士的性生活說事嗎？是否故作驚人之語？是否有販黃的嫌疑？

經此一問，魯迅這篇妙文，大概也就「通不過」了。

所幸一九三五年的中國文學的編輯還比較開通，而審查官的神經也還沒有敏感脆弱

到看見性交二字就魂飛魄散。

人生有限而藝術永久

然而縱使誰整個的進了小說，如果作者手腕高妙，作品久傳的話，讀者所見的就只是書中人，和這曾經實有的人倒不相干了。例如《紅樓夢》裡賈寶玉的模特兒是作者自己曹霑，《儒林外史》裡馬二先生的模特兒是馮執中，現在我們所覺得的卻只是賈寶玉和馬二先生，只有特種學者如胡適之先生之流，這才把曹霑和馮執中念念不忘的記在心兒裡：這就是所謂人生有限，而藝術卻較為永久的話罷。

——《且介亭雜文末編．〈出關〉的「關」》，一九三六

．．．．

現在如果讀者有興趣關心一下「紅學界」，也就是研究《紅樓夢》的學術界，或者有空收看作家劉心武在中央電視臺「百家講壇」上講的「揭祕紅樓夢」，大概都知道那些所謂的紅學家所做的工作，和魯迅所講的恰恰相反，他們對《紅樓夢》裡的人物不感

興趣，感興趣的卻是他們認為有可能是作家據以塑造這些人物的原型——生活當中真實的人，然後一一去坐實，說小說裡的誰就是清朝的某個公主或大臣或親王，好像不這樣就不懂得《紅樓夢》，就不配談「紅學」。

如果這種研究也有價值，那麼還要曹雪芹幹什麼，一部有關滿清王朝王公大臣的人物詞典就足夠了啊。

六朝時期梁國的劉勰是一個深通文藝的大理論家，他在著名的《文心雕龍》中也說過類似的話：

「視布於麻，雖云未貴，杼軸獻功，煥然乃珍。」

因為包含著紡紗織布的人的勞動，儘管布和麻質料一樣，而無論實用或審美的價值都不可同日而語了。捨棄布匹將麻套在身上的人是傻瓜，捨棄藝術形象而念念不忘他們的原型的學者卻有可能令人肅然起敬，其實這兩種人的無知是一樣的，不同的是，前者是赤裸裸的無知，後者則屬於俄國作家赫爾岑所說的「有學識的無知」。

文藝是溝通人類的正道

人類最好是彼此不隔膜，相關心。然而最平正的道路，卻只有用文藝來溝通，可惜走這條道路的人又少得很。

——《且介亭雜文末編‧《吶喊》捷克譯本序言》，一九三六

‧‧‧‧

有一個人，在俄羅斯做生意，一待十幾年，俄語講得挺溜的，俄國朋友也結交了不少，談起俄羅斯市場和經濟，飲食和娛樂，滔滔不絕，但問起他俄國人的心理文化如何，就茫然不知所對了。

許多中國人一輩子沒有去過俄羅斯，卻自信懂得不少俄人的文化心理，因為他們讀過翻譯過來的大量俄羅斯作家的著作。

我也有同樣的經驗。一九九九年和二〇〇四年，我曾經在韓國高麗大學和韓國外大

教中文，因為沒有時間學韓國話（也因為我的愚笨懶惰），根本無法與韓國文學界人士交流，翻譯成中文的韓國小說又寥寥無幾，所以我雖然吃了不少泡菜，認識了不少研究中國文學的韓國朋友，但如果說我也瞭解韓國文化，那就太自欺欺人了。

現在，我們坐在家裡就可以收看電視上關於世界各地的「事件」的報導，但如果沒有來自那些地方的文藝——小說、詩歌、散文、傳記、電影——那些地方的人們的真實想法，就永遠是一個遙遠的神話。電視報導愈多愈詳細，我們的想像就愈離奇古怪。

「淪為異族的奴隸」或「做自己人的奴隸」

用筆和舌，將淪為異族的奴隸之苦告訴大家，自然是不錯的，但要十分小心，不可使大家得著這樣的結論：「那麼，到底還不如我們似的做自己人的奴隸好。」

——《且介亭雜文末編・半夏小集》，一九三六

・・・・

有人說魯迅雜文很少抗日的內容，這不符合實際。從一九三一年「九・一八」開始，甚至可以追溯到留日期間與陳寅恪大哥陳衡恪討論日本和俄國同為中國之大患，日本的威脅就一直壓迫在魯迅心頭，他對日本軍國主義非常憎惡，真誠地希望中國能進步、強大，使日本攫取之心不能得逞。

但這種願望愈強烈，他對中國自身進步之遲緩乃至反動現象就愈痛心疾首。比如各種自欺欺人的「宣傳與做戲」，早就令他氣憤：

「譬如罷，教育經費用光了，卻還要開幾個學堂，裝裝門面；全國的人們十之九不識字，然而總得請幾位博士，使他對西洋人去講中國的精神文明；至今還是隨便拷打，隨便殺頭，一面卻總支撐維持著幾個洋式的『模範監獄』，給外國人看看。還有，離前敵很遠的將軍，他偏要大打電報，說要『為國前驅』。連體操班也不願意上的學生少爺，他偏要穿上軍裝，說是『滅此朝食』。」（《二心集．宣傳與做戲》）

他擔心如此醉心於做戲的民族，遇到像日本這樣實幹的國家，將會不堪一擊。基於同樣理由，他對國民黨在抗戰全面爆發前奉行的「攘外必先安內」的政策一直不以為然，而對共產黨內部有人為了「統一戰線」而喪失原則的做法也難以保持沉默。更使他擔憂的是，他一生堅持的「國民性批判」會在一致對外的口號下被輕易淡忘。他不敢相信一個不懂得自強的民族，一個不敢正視自身缺點的國家，會在抵抗外侮的嚴峻而全面的戰爭中獲得最後的勝利。

使他特別不能忍受的是，在害怕「淪為異族的奴隸之苦」時，有些中國人竟然糊塗到認為「到底還不如我們似的做自己人的奴隸好」，這用政治術語來講，就是用民族矛盾掩蓋階級矛盾，忘記抗戰的最終目的不僅僅是不當亡國奴，也應該包含不做自己的人的奴隸的理想。

魯迅的思想，在民族危機日益深重的三〇年代毋寧是最深刻的。惟其深刻，又顯得超前而難以被人理解。所以，他的學生胡風在全面抗戰爆發後曾說，假如魯迅還活著，還堅持一貫的主張，是有可能被假裝愛國的人士誣為漢奸的。

他在抗戰全面爆發前一年去世而被推戴為「民族魂」，也算是僥倖。

生活的渣滓

我們所注意的是特別的精華，毫不在枝葉。給名人作傳的人，也大抵一味鋪張其特點，李白怎樣作詩，怎樣耍顛，拿破崙怎樣打仗，怎樣不睡覺，卻不說他們怎樣不耍顛，要睡覺。其實，一生中專門耍顛或不睡覺，是一定活不下去的，人之有時能耍顛和不睡覺，就因為倒是有時不耍顛和也睡覺的緣故。然而人們以為這些平凡的都是生活的渣滓，一看也不看……刪夷枝葉的人，決定得不到花果。

——《且介亭雜文末編．「這也是生活」——》，一九三六

．．．．

這段話，見於魯迅最後的幾篇文章之一。

那時候，他躺在床上不能動彈，只能叫許廣平打開燈，讓他「看來看去的看一下」，忽然間，對熟悉的屋角、書堆和屋內一應雜物，都變得很有感情起來，因為平時

太看重工作，輕視了這些瑣碎，這時倒有些對不住似的，所以發生了一種懺悔之心，說出這番話來。

確實，平時因為有切近的人生目的做為尺規，一切生活內容都被劃分成輕重緩急不同的等級，有的升為「特別的精華」，有的降為「生活的渣滓」，等到重病在身，感到去死不遠了，那些尺規也就自動失效，這時候如果還能心平氣和，完整地打量人生，或許就會像魯迅所說，把枝葉和花果、精華和渣滓的界線拆除，一視同仁地看待曾經擁有的一切吧。

魯迅說這番話，起因在於生病，一旦拔高到某種生活哲學，就好像故意要和生病撇清而變成普遍的人生感悟，忘記這種感悟其實屬於病家一種特殊心情，平常人難得領會的。

但那些懂得欣賞生活的細節，看重人生的渣滓的人，是否都是不同程度上的病家，至少懂得類似病家心理的散淡者和超脫者呢？

果如是，那就有點可惜了。

可不可以在健康時就懂得欣賞整個的人生，不把自己的生活按照別人的標準分成精華與渣滓呢？

遺囑七條

一，不得因為喪事，收受任何人的一文錢。——但老朋友的，不在此例。
二，趕快收斂，埋掉，拉倒。
三，不要做任何關於紀念的事情。
四，忘記我，管自己生活。——倘不，那就真是糊塗蟲。
五，孩子長大，倘無才能，可尋點小事情過活，萬不可去做空頭文學家或美術家。
六，別人應許給你的事物，不可當真。
七，損著別人的牙眼，卻反對報復，主張寬容的人，萬勿和他接近。
——《且介亭雜文末編．死》，一九三六

．．．．

〈死〉寫於一九三六年九月五日，過了一個半月魯迅逝世（十月十九日）。這篇文章講述了生病經過，闡明了對死亡的認識，平靜寫來，無意控訴那令他奔波一世、艱辛備嘗的環境與命運。面對死亡，魯迅顯示了必要的恭敬與順服。

但臨了帶出一份病中擬就的「遺囑」，卻波瀾突起，依然保持了他做為戰士的一貫精神。

鳥之將亡，其鳴也哀；人之將死，其言也善。據說蘇格拉底臨刑前還念叨著差鄰居家一隻母雞，這就被傳為千古美談。哲人不用說了，就是虛榮可憐如「包法利夫人」，被債主逼得吞了砒霜，也還丟下一句：「誰都不要怪罪！」不管為了身後清譽還是子孫福祉，遺囑或遺囑一類的文字，總要儘量謙恭柔和，比如告誡後人謹言慎行，全身遠禍，南北朝時顏之推的〈家訓〉就是著例。或者激昂慷慨念念不忘家國社稷，如陸游的〈示兒〉。陸游另外還有兩句氣衝霄漢的詩，「老子猶堪絕大漠，諸君何至泣新亭」，儘管被魯迅歸入「文學上的豪語」，認為應該大打折扣，但也仍然不失為愛國主義。即使魯迅偏愛的「非周孔而薄湯武」的嵇康，他的〈家戒〉也囉囉唆唆教兒子如何小心做人。

比起來，魯迅的遺囑就「頹廢」得多了，似乎故意要和古人寫遺囑的辦法反一反。

雖然古人也反對喪事鋪張，但「慎終追遠」更是天經地義的古訓，再簡單的喪事也必須行禮如儀，魯迅卻不要任何紀念儀式，乾脆叫家人忘記他，不要繼承他的遺志，不要像他一樣做文學家，還公開教他們懷疑別人的應許，不可接近那得了便宜而主張寬容的人——這在心地善良的普通人或正人君子們看來，大概都有失忠厚吧，然而實在是魯迅一生痛苦經驗的結晶。他看厭了名人死後無聊之輩滑稽的追悼，他熟悉中國的祖先如何在他們死後仍然拖住活人的腳步，他也領教了「五四」以來所謂文學家的空疏詭詐，至於那不可當真的應許、損了別人卻又主張寬容的巧滑，他也真是看得太多，為防止家人上當受騙或沒出息，不得已才冒天下之大不韙，說出這些似乎離經叛道然而仔細想想也合情合理，不過終究還是有點過於沉重悲涼的話來。

如果說這份遺囑有什麼病態，那也是病態社會結出的一枚酸果子。

一個都不寬恕

又曾想到歐洲人臨死時，往往有一種儀式，是請別人寬恕，自己也寬恕了別人。我的怨敵可謂多矣，倘有新式的人問起我來，怎麼回答呢？我想了一想，決定的是：讓他們怨恨去，我也一個都不寬恕。

——《且介亭雜文末編．死》，一九三六

．．．．

這是魯迅在寫完「遺囑」後，追加的一句。「一個都不寬恕」，這憤怒的激言曾被反復引用，以至於在有些人看來，差不多就是魯迅對於自己的蓋棺論定，也是他撂給世界的最後一句話。

從宗教神學或世俗倫理的角度看這句話，當然可以把魯迅說成是反對「寬恕」的人，甚至由此研究他的仇恨倫理與偏狹心態。

但文學家的話，情感的成分總是過於理智。

考魯迅一生，他的「怨敵」，大多屬公而與私無涉。他雖然說過「費厄潑賴應該緩行」，而且對於仇敵要執著如怨鬼，糾纏如毒蛇，拼死到底，但實際上也無非為了辯明是非善惡而已；對具體的論敵，他早就超越，放下了，何嘗「一個都不寬恕」。

肯這樣說話的人，已經無所謂怨恨。正如魯迅自己所說，公開談論世故的人，早就不世故了。與其說魯迅的「不寬恕」是針對怨敵，不如說是針對他自己。戰鬥了一生，無論「請別人寬恕」，還是「自己也寬恕別人」，在人，在己，都不是容易轉過彎來的。所以「讓他們怨恨去」云云，或許就是「我也沒有辦法」也。「我也一個都不寬恕」云云，或許就是「我也做不到」的意思。

話在這一步，已經緩和多了，但一直以來，大家都仍然單單把這理解為一句硬話。

據說，伏爾泰僅僅因為想「安靜一點」（這和魯迅多次痛苦地回憶他父親臨終時的情形相似），對前來要求他懺悔的神父表示了若干的不耐煩，後來就傳出兩種謠言，一種是他到死都不肯在神面前懺悔，一種是說，這位主張「啟蒙」而奔波一世的智者，那時候竟然糊塗起來，堅決要求吃糞。

臨終的意思，誰又說得清楚。即使白紙黑字，就保證是真實想法？人的頭腦，一秒鐘不知要轉多少個念頭啊。所以強作解人，有時就不免近乎汙蔑。

編者後記

經典本是前人鮮活的生命體驗，雖經歷了千百年，對今天的生活仍具指導意義。對於經典，經學家的解讀往往化簡為繁，讓人難以接近，更令一般讀者望而卻步。這套叢書則獨闢蹊徑，從每一部經典中選取最具警策意義、最接近今日生活的「百句」，加以引申，等於為繁忙而有為的讀者提供了最精華的選本，同時也為讀者深入思考人生指引了一條門徑。百句，當然不一定就是整整一百句，每本書的體例也不盡相同，有的是一句一議，有的是精選數句說明一個話題，還有的選句則藏在正文的解讀之中。

叢書形體雖輕薄，作者群卻雲集了一批學術名家，他們對經典有精深的研究，對生活有獨到的感悟。由他們帶領讀者穿越歷史，與先賢對話、交流、碰撞，想必會是一次愉快的精神歷險。這套叢書之所以叫「經典。心悅讀」，就是希望讀者捧讀這些小書時，能享受到一種身心的愉悅。

願讀者諸君閱讀愉快。

國家圖書館出版品預行編目(CIP)資料

魯迅一百句 / 郜元寶著.
-- 初版. -- 臺北市：龍圖騰文化, 2012.12
面； 公分. --（文化中國系列；CC039）
ISBN 978- 5981-67-9（平裝）

1.周樹人 2.文學評論

848.4　　101021606

CC039 文化中國系列

魯迅一百句

作者	郜元寶
封面/版型設計	霧室。
內頁編排	林樂娟
發行人	蔡清淵
總編輯	傅達德
版權策劃	李鋒
出版發行	龍圖騰文化有限公司
地址	臺北市信義路四段98號12樓之2
電話	02-2704-3265
傳真	02-2704-3275
網址	http://www.dragontcc.com
總經銷	大和書報圖書股份有限公司
電話	02-8990-2588
法律顧問	毛國樑律師
印製	金璽彩印有限公司
定價	NT$240元
ISBN	978-986-5981-67-9
初版一刷	2012年12月

本著作物經外圖（廈門）文化傳播有限公司代理，由復旦大學出版社有限公司授權出版、發行中文繁體字版。